Francesc Miralles

DAS UNVOLLKOMMENE LEBEN

ODER WIE DAS GLÜCK ZU SAMUEL FAND

Francesc Miralles

DAS UNVOLLKOMMENE LEBEN

ODER WIE DAS GLÜCK ZU SAMUEL FAND

Aus dem Spanischen von
Maria Hoffmann-Dartevelle

List

Die Originalausgabe erschien 2013
unter dem Titel *Wabi Sabi*
bei B de Bolsillo, Barcelona

Die Übersetzerin dankt dem Freundeskreis Literaturübersetzer e. V. für ein Arbeitsstipendium, das vom Ministerium für Wissenschaft, Forschung und Kunst Baden-Württemberg ermöglicht wurde.

FSC
www.fsc.org
MIX
Papier aus verantwortungsvollen Quellen
FSC® C083411

List ist ein Verlag
der Ullstein Buchverlage GmbH

ISBN 978-3-471-35115-4

Gesetzt aus der Dante
Satz: LVD GmbH, Berlin
Druck und Bindearbeiten: CPI books GmbH, Leck
Printed in Germany

Hoffnungsvoll zu reisen ist besser als anzukommen.

JAPANISCHES SPRICHWORT

EINLEITUNG

Wir kommen aus dem Nichts, und ins Nichts kehren wir zurück. Dazwischen geschieht etwas. Und dieses Etwas nennen wir Leben.

Früher lag mir viel daran, diesen Funken zwischen der Dunkelheit vor uns und der nach uns in Zeit zu messen. Ich stellte mir das Leben vor wie einen mit mehr oder weniger Stunden, Monaten und Jahren gefüllten Sack. Der Gedanke, dass jede gelebte Minute eine Minute weniger ist, machte mir Angst. Dieser Countdown würde mich an einen Ort bringen, den ich nicht kenne und zu dem nichts mich drängt.

Ich hatte noch nicht begriffen, dass ein paar Sekunden intensiven Glücks tiefere Spuren in der Seele hinterlassen als ein ganzes Leben eintönigen Wartens.

Bis zum Alter von siebenunddreißig Jahren lebte ich in einem Gefängnis aus Einsamkeit, das ich mir Stein um Stein selbst errichtet hatte. Nachdem ich ringsherum die Mauern hochgezogen hatte, warf ich den Schlüssel weg, damit niemand hereinkonnte.

Doch eine Straßenkatze schaffte es, diesen Schlüssel zu finden, und brachte mich mit katzenhafter List dazu, der Welt die Türen wieder zu öffnen.

Seitdem lebe ich mit ihr – für Freunde: Mishima – und einigen merkwürdigen Reisegefährten auf meinem Weg durchs Leben.

In der Wohnung über mir, im Stadtteil Gracia in Barcelona, wohnt Titus, ein alter Redakteur, der Ratgeber schreibt und dem ich etwas zur Hand gehe, wenn meine Lehrtätigkeit an der Universität es mir erlaubt.

Es war Mishima, die mich zu Titus führte, und der brachte mich wieder mit Gabriela zusammen. Ich bin in sie verliebt, obwohl ich fast nichts über ihre Vergangenheit weiß und kaum etwas über ihre Gegenwart, wenn sie sie nicht gerade mit mir verbringt. Und da sie bisher nicht mit mir zusammenziehen wollte, spiele ich gezwungenermaßen den modernen Mann: ein Paar, zwei Wohnungen.

Eine Zeitlang hat Valdemar bei mir im Haus gewohnt, ein exzentrischer Physiker, der die verborgene Seite des Mondes erforschte. Eines schönen Tages verschwand er und hinterließ uns sein Teleskop, das er in Titus' Küche aufgebaut hatte. Außerdem blieb uns ein Manuskript mit seinen Forschungsergebnissen und die große Leere, die Menschen hinterlassen, die uns etwas bedeutet haben.

Wenn Titus und ich melancholisch werden, bauen wir das Teleskop auf und schauen hoch zum Mond, als wäre Valdemar dorthin verschwunden und könnte uns jeden Moment zuwinken.

Eines Tages kommt er ganz bestimmt zurück zu uns, oder wir kommen zurück zu ihm, denn wir alle sind Zutaten des großen kosmischen Eintopfs, der immer auf dem Feuer steht.

Mit der Zeit habe ich begriffen, dass nicht die Einsamkeit, sondern andere Menschen einem helfen, sich selbst kennenzulernen. Hat man auf alles verzichtet, ist es ziemlich leicht, einen Berg zu besteigen und einfach nur darauf zu warten, dass die Tage vergehen. Richtig schwierig aber ist es – und darin liegt auch die ganz große Kunst –, mit jemandem eine Beziehung zu haben, der anders ist als man selbst. Unser Geschick auf diesem Gebiet ist die wichtigste Fertigkeit, die uns Menschen auszeichnet.

Ich muss wahrscheinlich immer noch viel lernen, da mich die Entscheidungen der Menschen um mich herum immer wieder und noch immer überraschen. »Um mich herum« ist ein ziemlich weit gefasster Begriff, wie sich am ersten Junimorgen zeigen sollte, als ich die Treppe hinunterging und meinen Briefkasten öffnete.

MANEKI-NEKO

DIE WINKENDE KATZE

Da wir auf der Zielgerade des Studienjahres angelangt waren, rechnete ich nicht damit, etwas anderes in meinem Briefkasten vorzufinden als Rundschreiben der Universität, die mich zu Lehrkörperversammlungen – ein grauenhaftes Wort – einluden, oder das Programm der Sommerseminare.

Aber statt Papierkram von der Uni lag dort nur eine Postkarte. Ich hielt sie ins Licht, um sie besser sehen zu können. Auf der Vorderseite war eine weiße Porzellankatze mit erhobener linker Tatze abgebildet.

Auf der Rückseite erwartete ich, die Adresse eines neueröffneten Asialadens aus meinem Viertel vorzufinden, aber seltsamerweise war die Postkarte in Japan abgestempelt. Links neben meiner Adresse, die jemand mit einer zarten Feder geschrieben hatte, stand nur ein einziges Wort:

WABI-SABI

Eine Weile blieb ich verdutzt vor dem Briefkasten stehen und schaute abwechselnd auf das Foto und das sonderbare Wort. Ich fragte mich, wer mir wohl von so weit her diese Karte geschickt hatte und warum, und irgendwie hatte ich das Gefühl, dieses unschuldige Kätzchen – falls es denn so unschuldig war – werde etwas in Gang bringen. Die letzte Katze, die bei mir an die Tür geklopft hatte, Mishima, hatte eine wahre

Flut von Ereignissen ausgelöst, weshalb ich die Sache nicht auf die leichte Schulter nehmen durfte.

Fürs Erste hatte die Postkartenkatze jedenfalls meine morgendlichen Pläne über den Haufen geworfen, denn statt aus dem Haus zu gehen, stieg ich die Treppe hoch ins Dachgeschoss und klingelte bei Titus an der Tür.

Summend öffnete sie sich, was bedeuten mochte, dass mein Nachbar an einer Auftragsarbeit saß. Und tatsächlich, kaum hatte ich die Wohnungstür aufgestoßen, hörte ich schnelles, von Jazz untermaltes Tastengeklapper. Dünne Rauchfäden zogen durch die Luft, was mir bestätigte, dass er bei der Arbeit war. Seine Räucherstäbchen zündete Titus immer nur an, wenn er redigierte.

Bevor ich aus dem Flur in sein Wohn-Arbeitszimmer trat, blieb ich kurz vor Titus' Druck von *Wanderer über dem Nebelmeer* stehen, einem Gemälde von Caspar David Friedrich. Ich hatte es zwar schon Dutzende Male gesehen, aber irgendwie verfolgte mich dieser junge Romantiker auf seinem umwölkten Felsen.

»Willst du da draußen Wurzeln schlagen?«, begrüßte mich Titus schroff.

Ich betrat den Raum, den ein Schreibtisch beherrschte, an dem der Redakteur das Tippen unterbrochen hatte, um mich neugierig zu mustern.

»Arbeitest du …?«, fragte ich.

»Sieht ganz so aus, oder?«, entgegnete er trocken. »Ich habe noch genau vier Tage bis zur Abgabe von *Lachen für einen Cent*, aber mir fehlt noch ein Viertel des Manuskripts und die Einführung über Lachtherapie.«

»Was für ein absurder Titel … Worum geht es denn da?«

»Um eine Witzesammlung, die Übernahme eines amerikanischen Buchs: tausend Witze für zehn Euro, das heißt, ein Cent pro Lacher.«

»Sehr originell.«

»Die Idee stammt nicht von mir. Und ich kann auch nicht dafür garantieren, dass die Witze einen zum Lachen bringen. Die, die ich gefunden habe, finde ich überhaupt nicht komisch«, sagte er und zeigte auf einen Stapel Bücher voller Haftnotizen, der am Rand des Schreibtischs aufragte.

»Dann lass ich dich mal arbeiten.«

»Warte. Was wolltest du mir denn sagen?«

Ich schätzte kurz ab, wie groß die Gefahr war, dass Titus mich dazu abkommandieren würde, Witze für sein Buch zu sammeln, aber die Neugier, die die Postkarte ausgelöst hatte, siegte, und so warf ich die Karte auf seinen Schreibtisch. Dann setzte ich mich auf das Arbeitszimmersofa und wartete auf Titus' Kommentar.

»Interessant«, sagte er lächelnd. »Wer schickt dir denn so was?«

»Keine Ahnung. Steht kein Absender drauf. Nur dieses zusammengesetzte Wort. Weißt du zufällig, was es bedeutet?«

»Wabi-Sabi …«

Titus sprach das Wort wie eine Zauberformel aus. Im selben Augenblick startete auf einem Tisch an der Wand eine Modelleisenbahn zu einer Rundfahrt, auf der sie mehrmals mit zartem Pfeifen in einem Tunnel verschwand und wieder daraus hervortauchte.

»Fast hätte ich mich erschrocken«, sagte ich. »Wie viele Schalter hast du eigentlich an deinem Schreibtisch?«

»Nur zwei: den für die Tür und den für die Eisenbahn. Du weißt ja, sie hilft mir, mich zu konzentrieren … Tja, so auf die Schnelle kann ich dir keine Antwort geben, obwohl der Begriff mir etwas sagt. Frag mal Gabriela, die hat doch in Japan gelebt, oder?«

»Sie ist in Paris und kommt nicht vor nächster Woche zurück. Aber vielleicht verrät uns ja die Porzellankatze etwas.«

Titus zog mit dem Finger die Umrisse der kleinen Figur nach.

»Die ist kein Geheimnis«, sagte er. »Es ist eine *Maneki-neko*. Die gibt es in Japan millionenfach.«

»Und was ist eine Maneki-neko?«

»Schau mal da oben auf dem Regalbrett im dritten Buch nach«, sagte Titus und zeigte auf das Bücherregal, das hinten in seinem Wohnzimmer stand. »Komisch, dass du dich nicht mehr erinnerst, du hast mir doch damals selbst beim Verfassen des Buchs geholfen.«

»Am Ende hat Valdemar es geschrieben, weißt du nicht mehr?«, antwortete ich und griff nach dem *Kleinen Lehrgang in Alltagsmagie*.

Tatsächlich widmete das Kapitel »Katzenphilosophie« einen Abschnitt dieser Figur:

MANEKI-NEKO: DIE GLÜCKSKATZE

Den Ursprung dieser in japanischen Geschäften so häufig anzutreffenden Figur muss man in China suchen, wo im 19. Jahrhundert der Glaube herrschte, wenn sich eine Katze mit der Pfote das Ohr putze, sei dies ein Zeichen für bevorstehenden Besuch. Die Unruhe des Tieres vor der Ankunft des Fremden äußere sich in der Geste des Gesichtssäuberns.

Andere Quellen besagen, der Ursprung liege in einer wahren Begebenheit, die sich während der Edo-Zeit (1603–1868) ereignete. In der Vorhalle eines Tempels im westlichen Stadtgebiet von Tokio, damals noch Edo, saß jeden Tag eine Katze namens Tama. Der Tempel war gegenüber von einem großen Baum errichtet worden. An einem Regentag flüchtete sich ein Mann unter diesen Baum, und während er dort stand, sah er, wie Tama unaufhörlich mit einer winkenden Pfote auf sich aufmerksam zu machen versuchte. Neugierig verließ er seinen Unterschlupf und ging auf die Katze zu. Da schlug ein Blitz in den Baum und die Erde ringsum ein. Der Mann war so tief beeindruckt von der warnenden Geste der Katze, dass er zu einem Förderer des Tempels wurde.

Laut einer anderen Geschichte besaß eine bettelarme Frau namens Imada eine Katze, die sie eines Tages weggeben musste, weil sie nicht einmal mehr für sich selbst genug zu essen hatte. Da erschien ihr das Tier im Traum und schlug ihr vor, es aus Ton zu modellieren, um das Glück heraufzubeschwören. Die Frau tat wie ihr geheißen. Als die Tonkatze fertig war, sah ein Passant die Figur und wollte sie unbedingt kaufen. Von diesem Tag an modellierte Imada eine Katzenfigur nach der anderen und fand so viele Käufer, dass sie ihre Geldsorgen los war.

»Sehr aufschlussreich«, sagte ich leicht spöttisch, »aber das bringt mich nicht weiter. Warum schickt mir jemand eine Glückskatze? Ich kenne niemanden in Japan.«

»Vielleicht soll sie die Ankunft eines Fremden ankündigen … Oder vielleicht brauchst du Glück bei einem bevorstehenden Abenteuer.«

Beide Möglichkeiten schienen mir eher unheilvolle Prophezeiungen. Die Erfahrung sagte mir, dass die Ankunft eines Fremden immer eine Menge lästiger Komplikationen mit sich bringt. Und Abenteuer, für die man Glück braucht, nenne ich schlicht und einfach Himmelfahrtskommandos.

Es galt also herauszufinden, was dieses »WABI-SABI« auf der Karte bedeutete, und etwas sagte mir, dass ich es bald erfahren würde.

VOM AUSSTERBEN BEDROHTE TIERARTEN

An der Philologischen Fakultät war das Studienjahr zu Ende, und ich verbrachte die Zeit mit Programmbesprechungen, Klausurbetreuungen und ein paar Sprechstunden, zu denen nur selten jemand kam.

An jenem Dienstagmorgen saß ich in meinem Büro und schaute mir an, wie das sommerliche Licht durch die großen Fensterscheiben fiel und auf dem alten Schreibtisch eine Landschaft aus Kratzern und Staub beleuchtete. Plötzlich ertappte ich mich dabei, wie ich seufzte.

Seit meiner Promotion in Germanistik und dem Beginn meiner Tätigkeit als Dozent hatte sich zwischen den Wänden des wunderschönen altehrwürdigen Fakultätsgebäudes alles geändert. Von diesem Büro aus, in dem mich ein Stapel zu korrigierender Klausuren erwartete, hatte ich zuschauen müssen, wie der einst von mir selbst absolvierte Studiengang verschwand.

Der letzte Germanistikjahrgang hatte aus höchstens einem Dutzend Studenten bestanden, die quasi zur Familie gehörten.

Danach starb der Studiengang offiziell aus wie ein nutzloses, archaisches Tier, und ich wurde vom Fachbereich Anglistik übernommen.

Damit war ich selbst zu einer vom Aussterben bedrohten Art geworden.

Von meinen Literaturveranstaltungen war nur ein Doktorandenseminar übriggeblieben. Ansonsten brachte ich die Sprache Goethes jetzt Studenten bei, für die mein Fach die reinste Schinderei bedeutete. Deutsch ist wie eine Geliebte, die einen nur respektiert, wenn man ihr Ausschließlichkeit zugesteht. Als Nebenfach eines Anglistikstudenten kann es die Hölle sein. Die langen Listen der Substantive mit unregelmäßigen Pluralendungen und die vielen Deklinationen sind schwere Kost für jemanden, der sie nur ein- oder zweimal pro Woche zu sich nimmt.

Deshalb war ich seit dem Aussterben meines Studiengangs zum Dozenten einer Sprache geworden, die den jungen Leuten mehr Leiden als Befriedigung brachte.

Das einzig Gute daran, keine regulären Literaturstudenten mehr zu haben war, dass ich auch ihre Arbeiten nicht mehr bewerten musste. Denn im Google-Zeitalter ist das praktisch unmöglich geworden. Das Korrigieren eines Referats kommt heutzutage einer regelrechten Forschungsarbeit gleich, bei der es zu ermitteln gilt, wo der Student einfach mittels »Kopieren« und »Einfügen« abgekupfert hat.

Wenn ich im Hörsaal eine Klausur überwache, muss ich aufpassen wie ein Luchs, dass die Studenten nicht ihre zu unerschöpflichen Spickzetteln mutierten Smartphones benutzen.

Während mir all dies durch den Kopf ging, öffnete sich plötzlich die Bürotür, und ein blonder Lockenschopf bat um Einlass. Aus meinen nostalgischen Träumen eines 45-jährigen Dozenten erwachend, schaute ich zu der jungen Frau hinüber, deren dreieckiges Gesicht mich an eine Katze erinnerte.

Sie war alt genug, um zu promovieren, aber ich hatte sie noch nie gesehen.

»Wen suchst du?«

»Ich weiß nicht.«

Sie kam näher und legte mir eine CD auf den Tisch. Das Cover zeigte einen Kreis, der mit einem durchgehenden Pinselstrich gemalt war, wie von einem Meister japanischer Kalligraphie.

Dass mir nach der geheimnisvollen Postkarte mit dem Maneki-neko ein Mädchen mit Katzengesicht eine CD mit einem japanischen Zeichen auf der Hülle brachte, hatte bestimmt etwas zu sagen. Leider hatte ich keine Ahnung, was genau.

»Ich wüsste gern, was der Text auf dieser CD bedeutet«, sagte sie mit sanfter, melodiöser Stimme. »Könnten Sie bitte mal reinhören, nur eine Minute?«

Sie zog einen alten Discman aus der Tasche, ein weiterer Vertreter einer ausgestorbenen Gattung. Während sie mir die Kopfhörer entgegenhielt, aus denen eine männliche Stimme schallte, schlüpfte ich in die Rolle des Germanistikdozenten, der keine Zeit zu verlieren hat.

»Damit musst du zur *Escuela Oficial de Idiomas* gehen«, riet ich ihr. »An dieser Universität wird kein Japanisch unterrichtet.«

»Es ist kein Japanisch«, entgegnete sie, »sondern eine tote Sprache, die ich gern verstehen würde. Oder zumindest wüsste ich gern, welche Sprache es ist …«

Verblüfft hielt ich mir die Kopfhörer ans Ohr. Von Gitarrenakkorden begleitet, sang ein junger Mann ein seltsam melancholisches Lied. Der Text war vollkommen unverständlich. Im ersten Moment klang er nicht nach einer semitischen Sprache. Auch nicht nach einer archaischen Sprache germanischen Ursprungs.

Die junge Frau mit den blonden Haaren wartete ungeduldig auf mein Urteil.

»Tut mir leid, aber ich muss dich enttäuschen«, sagte ich

und gab ihr den Discman zurück. »Ich habe keine Ahnung, was …«

»Zuerst dachte ich, es sei Elbisch«, unterbrach sie mich und legte die CD auf meinen Schreibtisch, »aber ein Freund von mir, der gerade seine Doktorarbeit über Tolkien schreibt, meint, es hätte nichts damit zu tun.«

Da klingelte das Handy der Katzenfrau, was mir einen idealen Vorwand lieferte, um diese absurde Sprechstunde zu beenden. Ich stand auf und wollte die Frau verabschieden, doch sie drückte den Anruf weg.

»Ich vermute, es ist Atlantisch«, sagte sie.

Ich war perplex. Seit siebzehn Jahren arbeitete ich nun an der Uni und war noch nie mit einer so ungewöhnlichen Angelegenheit konfrontiert worden. Doch jetzt gewann meine Schwäche für Raritäten die Oberhand über die Vernunft.

»Wie kommst du darauf, dass es Atlantisch ist?«, wollte ich wissen.

Kaum hatte ich die Frage ausgesprochen, wurde mir klar, wie absurd und lächerlich sie aus dem Mund eines Universitätsdozenten klang. Über Atlantis gibt es nur ein paar vage Andeutungen bei Platon. Von einer dazugehörigen Sprache hatte ich eigentlich noch nie gehört.

Gerade wollte ich der jungen Frau ihre CD zurückgeben, als erneut ihr Handy klingelte. Wütend schaute sie auf das Display, und diesmal ging sie dran, als wäre sie zu Hause und nicht in einem Universitätsbüro.

»Ich habe dir doch gesagt, ich will nichts mehr von dir wissen. Rede ich vielleicht nicht deutlich genug?«

Aus dem ärgerlichen Gesichtsausdruck der Katzenfrau schloss ich, dass der Mensch am anderen Ende der Leitung nicht klein beigab. Sie antwortete in schroffem Ton und bewegte sich dabei Richtung Ausgang. Auf dem Flur angekommen, winkte sie mir kurz zum Abschied und schloss die Tür.

Verwundert über das Vorgefallene blieb ich eine Weile am Fenster stehen. Da flog kreischend eine riesige Möwe mit ausgebreiteten Flügeln vorbei.

Als ich wieder zum Tisch schaute, erschrak ich leicht. Neben den noch unkorrigierten Klausuren lag die CD mit dem fremdsprachigen Liedtext. Ich lief zur Tür, aber die junge Frau mit dem lockigen Haar war nicht mehr zu sehen.

Der Flur war wieder leer, genauso leer wie die Regalfächer für Atlantisch.

SPRECHEN SIE ATLANTISCH?

Als ich am Dienstagabend nach Hause kam, ahnte ich noch nicht, dass die Begegnung im Büro nur der Vorgeschmack auf einen Tag war, der für Untergänge aller Art wie geschaffen schien.

Die Katze hatte eine Vase umgeschmissen, ein Erbstück von Gabrielas Großmutter. Diese Vase war der einzige Gegenstand von ideellem Wert, den Gabriela in meiner Wohnung gelassen hatte; bei ihrer Rückkehr aus Paris würde sie sich ziemlich ärgern.

Ich schaute auf die Wanduhr: 18 Uhr 12. Vermutlich arbeitete sie jetzt noch auf der Messe für Zeitgenössische Kunst und hatte dort WLAN, also schickte ich ihr eine WhatsApp-Nachricht.

Liebes, ich habe schlechte Neuigkeiten.
Mishima hat die Vase Deiner Großmutter zerdeppert.
Das Porzellan war dünner, als ich dachte,
sie ist in tausend Stücke zerbrochen.
Ich fürchte, sie ist nicht mehr zu retten.
Ich liebe Dich,
SAM

Nachdem ich meine Beileidsbekundung abgeschickt hatte, suchte ich in der ganzen Wohnung nach der Katze, die aber unauffindbar blieb. Garantiert wusste sie genau, dass sie Mist gebaut hatte.

Ich setzte mich also mit Laptop und Aktentasche aufs Sofa und wartete auf die Antwort meiner Freundin – das Doppelhäkchen zeigte an, dass sie online war.

Als ich in meiner Tasche nach der Visitenkarte eines Kollegen suchte, dem ich eine E-Mail schreiben musste, stieß ich auf die CD mit dem japanischen Kreis auf dem Cover. Ich hatte sie eingesteckt, damit nicht irgendein anderer Dozent sie in den Papierkorb warf und diese eigenartige junge Frau sie dann später von mir zurückverlangte. Als von Natur aus neugieriger Mensch konnte ich es mir nicht verkneifen, sie ins CD-Fach meines Laptops zu schieben.

Der Sänger stimmte eine Melodie voller Höhen und Tiefen an, ähnlich den Achterbahnen des Lebens. Ich konzentrierte mich erneut auf den Text und versuchte, bekannt klingende Wörter herauszuhören, aber es war kein einziges dabei. Und doch hatte ich bei diesem Gesang voller Inbrunst und Leidenschaft das Gefühl, ich wüsste genau, wovon die Rede ist.

Fasziniert wie vor mir die Katzenfrau, sah ich mir die CD-Hülle nochmals genauer an, bis ich schließlich auf der Rückseite einen winzigen Namenszug entdeckte: Daniel Lumbreras.

Passender Name* für den einzigen Menschen auf der Welt, der Atlantisch beherrscht, dachte ich schmunzelnd, während ich ihn zuerst bei Google und dann bei Facebook eingab. Obwohl es ein seltener Name war, stieß ich auf mehrere Personen, aber als ich das unscharfe Foto eines jüngeren Mannes aus Barcelona mit Prinz-Eisenherz-Frisur entdeckte, nahm ich an, das sei er.

Ich schrieb dem Unbekannten eine Nachricht:

* lumbrera: dt. Leuchte, Genie (Anm. d. Ü.)

Hallo Daniel,
vielleicht bist Du gar nicht der, den ich suche, aber bei mir ist eine im Eigenverlag produzierte CD mit einem Kreis auf dem Cover aufgetaucht, und ich wüsste gern, ob sie von Dir ist.

Die Frau, die sie in meinem Büro vergessen hat, glaubt, Du singst darauf auf Atlantisch. Falls das stimmt, wüsste ich gerne, wo Du diese Sprache gelernt hast.

Vielen Dank im Voraus, und entschuldige bitte den Überfall,
SAMUEL DE JUAN

Nachdem ich die Enter-Taste gedrückt und die Nachricht einem Menschen geschickt hatte, der von der ganzen Sache vielleicht nicht die leiseste Ahnung hatte, ging mir durch den Kopf, dass ich mich eigentlich nicht so sehr verändert hatte seit den Zeiten, als ich einfach so zum Spaß ein Wörterbuch mit unübersetzbaren Wörtern gelesen hatte.

Genau diesen Moment suchte sich Mishima aus, um mit hoch erhobenem Schwanz auf der Bildfläche zu erscheinen, als wollte sie prüfen, wie nach ihrer Missetat die Luft im Wohnzimmer war. Fragend schaute sie mich an und gab ein kaum hörbares Miauen von sich.

»Na, dann komm hoch …«, sagte ich einlenkend. »Die Scherben habe ich schon zusammengefegt, und Gabriela weiß auch Bescheid.«

Mishima sprang aufs Sofa und rieb sich den Kopf an meinen Rippen. Da säuselte mein Handy.

»Das ist sie«, sagte ich. »Mal sehen, wie sie es aufgenommen hat.«

Samuel, mach Dir keine Sorgen wegen der Vase. Nichts hält ewig.
Bist Du gegen 22 Uhr zu Hause?
Wir müssen reden.
xxx GAB

WINK DEM GLÜCK, UND ES WINKT DIR ZURÜCK

In den Stunden bis zehn Uhr las ich in einem Buch von Titus über die Maneki-neko, die Glückskatze, die mich in Form einer rätselhaften Postkarte aus Japan erreicht hatte.

»Wabi-Sabi«, murmelte ich vor mich hin.

Über die Sache mit dem atlantischen Liedermacher hatte ich ganz vergessen, nachzuschauen, was das Wort bedeutete. Aber der Laptop war jetzt aus.

Das Buch *Die Glückskatze* hatte ein Deutscher namens Christopher A. Weidner geschrieben. Zunächst hielt ich den Namen für eines der Pseudonyme, die Titus immer für seine Ratgeberbücher verwendete, aber der Klappentext enthielt eine sehr ausführliche Biographie, die vermuten ließ, dass es sich tatsächlich um den richtigen Namen des Autors handelte.

Das Buch vereinte mehrere Geschichten, die mit Glück bringenden Katzen zu tun hatten, nach dem Motto: Wink dem Glück, und es winkt dir zurück.

Da es mich reizte, zu erfahren, wie man dem Glück winkt, blätterte ich bis zum Schlussteil des Ratgebers, in dem der Autor erklärte, wie Wünsche wahr werden. Weidner zufolge muss ein Wunsch sechs Voraussetzungen erfüllen:

1. Er muss wirklich klein sein.
2. Er muss sich sofort oder spätestens am nächsten Tag erfüllen können.

3. Er muss etwas Neues einleiten.
4. Er muss etwas betreffen, was man unabhängig von äußeren Faktoren verwirklichen kann.
5. Er muss sich klar formulieren lassen.
6. Er muss Umsetzbarkeit versprechen.

Ich stand vom Sofa auf, um mir etwas zu essen zu machen, und versuchte, mir einen entsprechenden Wunsch vorzustellen. Mishima folgte mir in die Küche, wo ich eine Dose Ravioli auf einen Teller kippte und ihn in die Mikrowelle stellte.

Während ich zusah, wie meine Notration ihre Runden drehte, musste ich an eine Szene aus der Serie *Seinfeld* denken. Da geht der Protagonist mit einem Freund in einen Waschsalon. Als die Wäsche sauber ist und er dem Kreisen seiner Socken im Trockner zuschaut, sagt Jerry Seinfeld: »Ich glaube, das ist der langweiligste Augenblick meines Lebens.«

Ich für mein Teil konnte das nicht behaupten, denn Gabrielas SMS hatte mich ziemlich nervös gemacht. Nicht, dass es mich beunruhigte, dass sie mich noch um zehn Uhr abends sprechen wollte. Wenn sie unterwegs war, telefonierten wir zu allen möglichen Tageszeiten. Misstrauisch war ich eher, weil sie sich überhaupt nicht über die kaputte Vase ärgerte, das Gefäß, das für sie immer die Seele ihrer Großmutter enthalten hatte.

Bei ihrem impulsiven Charakter hätte ich mit einem telefonischen Donnerwetter gerechnet, aber sie hatte nun mal nur geschrieben: »Mach dir keine Sorgen wegen der Vase.« War etwas so Schlimmes passiert, dass dieses Malheur sie gleichgültig ließ?

Der Klingelton meines Handys meldete, dass ich es in Kürze erfahren würde.

Eilig ging ich ran. Ihre unsichere Stimme erhärtete meinen Verdacht, dass etwas nicht stimmte. Nachdem sie mehrere Sätze angefangen und nicht zu Ende gesprochen hatte, fragte sie schließlich: »Was machst du gerade?«

»Ich lese ein Buch über Maneki-nekos«, antwortete ich, meine Besorgnis verbergend. »Darin kommen sechs Regeln vor, wie man das Glück heraufbeschwört und wie ein Wunsch in Erfüllung geht.«

»Und? Hast du dir schon was gewünscht?«

»Na ja, eigentlich hatte ich nur den Wunsch, mit dir zu sprechen, und das tue ich ja gerade. Mehr brauche ich im Augenblick nicht.«

Das Schweigen am anderen Ende der Leitung dauerte etwas zu lange.

»Gabriela? Hörst du mich?«

»Ja, ja. Ich habe nur gedacht …«

»Woran denkst du?«

Hastiges, geräuschvolles Atmen drang durch die Leitung. Ich verstand nicht, was los war.

»Ach, das hätte ich fast vergessen!«, fuhr ich fort, während ich darauf wartete, dass Gabriela endlich mit dem herausrückte, was sie mir sagen wollte. »Bevor ich das mit der Glückskatze nachgeschaut habe, weil nämlich von irgendjemand, keine Ahnung von wem, eine Postkarte aus Japan gekommen ist, habe ich etwas Verrücktes getan. Ich habe einem Mann geschrieben, den ich gar nicht kenne und der offenbar auf Atlantisch singt. Er ist bestimmt der Einzige, der so was macht. Ist das nicht …?«

»Samuel«, unterbrach sie mich. »Ich glaube, wir brauchen eine Pause.«

Wie eine sich umgehend erfüllende Prophezeiung folgte ein langes, drückendes Schweigen. Jetzt war ich es, dem die Luft wegblieb. Ich spürte, wie mir der kalte Schweiß ausbrach. Ich klammerte mich an mein Handy wie an einen Rettungsring und wartete darauf, dass sie weitersprach.

»Bitte glaub nicht, dass ich mit jemand zusammen bin oder mich in einen anderen verliebt habe. So läuft es ja meistens, aber bei mir nicht. Ich bin allein.«

»Ich auch«, antwortete ich erleichtert. »Wir sind zwei einsame Seelen, die sich mitten im Sturm begegnet sind. Haben wir das nicht immer gesagt? Deshalb wohnen wir ja auch weiterhin allein.«

»Das war auch sehr gut so, Samuel.«

An diesem Punkt brach ihr die Stimme. Ich konnte sie schluchzen hören, obwohl sie das Handy von sich weg hielt. Aufgewühlt wartete ich darauf, dass sie weitersprach, während ihr »das war« sich wie eine Explosionswolke in meinem Kopf ausbreitete.

Ich fasste mir ein Herz und versuchte, die Atmosphäre aufzulockern, das Ganze etwas herunterzuspielen, indem ich mich sachlich gab, obwohl ich für einen kurzen Moment innerlich zusammenbrach.

»Mach dir keine Sorgen um mich, Gabriela. Wir reden, wenn du wieder in Barcelona bist. Geh jetzt schlafen.«

Eine dritte Pause leitete den Todesstoß ein:

»Ich komme nicht zurück, Samuel.«

EINE LEUCHTENDE MUSIK, DIE DEIN INNERSTES IN ORDNUNG BRINGT

Lieber Freund,

ich fühle mich geschmeichelt, dass ein Universitätsdozent wie Sie (auch ich habe recherchiert und Ihre Mailadresse an der Uni gefunden, die ist mir lieber als Facebook) meine CD hört und sich dafür interessiert.

Mir ist klar, dass die Klangqualität nicht besonders ist. Ich wollte die Lieder einfach mal aufnehmen, bevor ich sie vergesse. All die Stücke, die ich komponiert habe, passen schon gar nicht mehr in meinen Kopf. Beim Aufnehmen hatte ich dann das Gefühl, dass ich ein erstes Demo machen kann.

Trotz des mäßigen Sounds haben die Lieder, glaube ich, nicht an Qualität verloren. Sie folgen außerdem einem einheitlichen Muster: immer Solostimme zu Gitarre. Ohne Vorbereitung und in einem durch. Es kann natürlich sein, dass diese Einheitlichkeit beim Zuhören monoton wirkt.

Was die Sprache betrifft: Es gibt gar keine, nur improvisierten Gesang. Die Melodie bleibt gleich, aber der Klang der Stimme ändert sich und wiederholt sich nie. So kann ich spontan Musik machen und ausdrücken, was ich in einem konkreten Moment empfinde. Seltsam, aber irgendwie glaube ich, dass der Zuhörer diese Unmittelbarkeit spürt.

Ich persönlich habe die Erfahrung gemacht, dass ich mit dieser Art des Singens Gefühle ausdrücken kann, die ich unmöglich in Worte fassen könnte. Bei meinen musikalischen Gurus habe ich immer ihr Leuchten und die spirituelle Kraft ihrer Musik bewundert. Eine leuchtende Musik, die dein Innerstes in Ordnung bringt, die einen Ort des Wohlgefühls schafft, die dir Kraft gibt, dir Mut und Hoffnung macht.

Sollte es mir eines Tages gelingen, diese Dinge weiterzugeben, werde ich mein Ziel erreicht haben.

Ich sage gern, dass man mich in keinem einzigen Land versteht, im Grunde aber kann mich jeder verstehen. Das Ganze hat etwas Universelles.

Andererseits findet eine Art Auflösung des Ich statt. Ich glaube, bei der Entstehung unserer Identität spielt unsere Sprache eine wesentliche Rolle. Wir benutzen sie, um uns selbst zu denken.

Dagegen habe ich, wenn ich singe, nicht das Gefühl, dass der, der da singt, ich selbst bin. Vielmehr empfinde ich eine Art Leere. Niemand ist da. Oder vielleicht ist es genau umgekehrt: Wenn ich singe, bin ich noch mehr ich selbst als sonst. Und zwar dadurch, dass ich mir eine eigene Sprache schaffe, eine Sprache, die sich laufend verändert, wie die Wirklichkeit.

Ich bin ein großer Fan von Nietzsche, Wittgenstein und Foucault und deren Sprachforschungen. Davon, wie die Sprache unsere Art, zu sehen und die Welt zu begreifen, determiniert.

Aber das alles sind nur Worte. Haarspalterei, ich weiß. Wichtig ist die Musik und die Tatsache, dass ich beim Singen einem natürlichen, spontanen Impuls folge. Ich glaube, diese Art zu singen entspringt einem naiven, unschuldigen Gemüt.

Schon als Kind habe ich abends im Bett so gesungen. Ich schlief mit meinem Bruder im selben Zimmer, auf der oberen Etage eines Stockbetts. Er schlief immer sofort ein, und da fing ich an, im Dunkeln zu singen. Keine Ahnung, was ich da sang. Ich war eben ein Kind und hatte noch keine Platten oder irgendwelche Lieblingssongs. Ich habe einfach nur gesungen.

Aber es heißt ja, beim Kind gehört die Unschuld zur Grund-

ausstattung, während Erwachsene sie mühsam zurückgewinnen müssen. Ich weiß nicht, ob ich mir diese Unschuld erhalten oder sie wiedergefunden habe oder vielleicht nur glaube, dass ich sie besäße.

Nun ja, wie Sie sehen, rede ich liebend gern über dieses Thema. Ich bin dann nicht mehr zu bremsen. Und über Musik habe ich im Endeffekt kaum etwas gesagt.

Ganz herzliche Grüße und bis bald!

DANIEL LUMBRERAS

LIEBESARCHÄOLOGIE

Es war vier Uhr morgens, und ich hatte noch immer nicht reagiert. Ich lag in der Badewanne, das Wasser war abgekühlt, und meine Gedanken wanderten zwischen Gabrielas Anruf und der langen, tiefschürfenden E-Mail hin und her.

Zu oft im Leben laufen die Dinge anders, als man denkt. Ich hatte mit Ärger wegen der zerbrochenen Vase gerechnet, stattdessen war unsere Beziehung in die Brüche gegangen, zumindest vorläufig. Ich dachte, meine Frage an den atlantischen Liedermacher würde mit Schweigen oder höchstens ein paar kurzen Zeilen beantwortet, stattdessen hatte ich einen Brief erhalten, den ich in den folgenden Tagen noch oft lesen würde.

Der Lauf der Dinge ist unvorhersehbar, aber weise Menschen betonen immer wieder, alles geschehe zu seiner Zeit. Und das ist besonders beunruhigend. Ich verstand nicht, warum Gabriela nach acht Jahren ausgerechnet jetzt den Untergang unser beider Atlantis ausgelöst hatte.

Während ich die Tatsache zu ignorieren versuchte, dass ich vor Kälte zitterte, rekapitulierte ich den Verlauf unserer Beziehung, um zu begreifen, wie es so weit gekommen war. So weit, dass Gabriela nicht mehr von einer Arbeitsreise zurückkehrte, die nur ein paar Wochen dauern sollte.

Unsere Beziehung hatte merkwürdig und zugleich spannend begonnen. Gabriela kannte ich schon, als wir noch Kinder waren. Mit über 35 waren wir uns wieder begegnet und nach ein paar Monaten der Unschlüssigkeit schließlich zusammengekommen. Zweieinhalb Jahrzehnte, in denen keiner etwas vom anderen wusste, liefern eine Menge Stoff für Gespräche, und bei allen Paaren folgen diese Gespräche am Beginn der Beziehung einem ganz bestimmten Drehbuch.

Zuerst vögelt man wie verrückt, dann beginnt die Phase der Liebesarchäologie: Jeder fühlt sich verpflichtet, die eigene amouröse Vorgeschichte aufzurollen, und erklärt dem anderen, warum seine bisherigen Beziehungen gescheitert sind. Das mag langweilig werden, vor allem am Anfang, wo beide an nichts anderes denken, als sich aufeinanderzustürzen. Aber es ist ein zuverlässiger Gesprächsstoff, wenn man im Park spazieren geht, gemeinsam im Restaurant sitzt oder nach einer Liebesnacht den Tag im Bett verbringt.

Irgendwie ist es reizvoll, zu erfahren, was den anderen zu Bettgenossen hingezogen hat, die ganz anders waren als man selbst. Auch will man wissen, was in früheren Beziehungen schiefgelaufen ist, um nicht die gleichen Fehler zu machen. Man ist verliebt und wünscht sich, dass das, was man mit dem anderen aufbaut, hält.

In dieser Anfangsphase hatte ich nicht viel zu erzählen, da ich mehr platonische als echte Liebesgeschichten erlebt hatte. Und mit über dreißig dann nicht mal mehr platonische. Ich hatte mich in meinen Bunker zurückgezogen und die ganze Welt zum Feindgebiet erklärt.

Gabriela dagegen erzählte mir von den drei Beziehungen, die sie wichtig fand. Alle anderen waren, so dachte ich mir, nur »Affären« gewesen. Sie ging nicht allzu sehr ins Detail, da sie fest entschlossen war, die Vergangenheit ruhen zu lassen. Für sie war die Vergangenheit offenbar nicht der Stoff, aus dem wir Menschen gemacht sind, sondern irgendein radioaktives Material, das man in tiefsten Tiefen vergraben muss.

Besonders ungern sprach sie über die Jahre, in denen sie in Japan gelebt hatte. Sie hatte in Osaka Englisch unterrichtet, und wenn sie nicht mit ihren Schülern zusammen gewesen war, hatte sie die Zeit damit verbracht, in ihrem Zimmer Erzählbände auf Englisch zu lesen.

Irgendetwas Schlimmes musste in Japan passiert sein, sonst hätte sie nicht von einem Tag auf den anderen beschlossen zurückzukehren. Die Gründe dafür aber behielt sie für sich. Sie wollte einfach nicht darüber reden.

Doch zurück zur Liebesarchäologie. Wenn die Phase vorüber ist, in der man sich garantiert Geschichten zu erzählen hat, beginnt die eigentliche Herausforderung. Das Paar kann sich nun nicht mehr auf die Miseren der Vergangenheit stützen, jetzt zählt nur noch die Gegenwart, die im täglichen Einerlei und oft ohne große Höhepunkte dahinfließt.

Jetzt macht man den anderen nicht mehr damit scharf, dass man ihm beschreibt, wie man es damals mit einer Mitschülerin zwischen zwei Autos getrieben hat, jetzt resümiert man seinen Arbeitstag für ihn. Anfangs ist das vielleicht noch amüsant, weil der andere die Akteure des kleinen Dramas, das tagtäglich im Job gespielt wird, noch nicht kennt. Wenn sich die Serie aber hundert- oder tausendmal wiederholt, wird das Ganze allmählich langweilig.

Dauernd tauchen dieselben Probleme auf, und die Ratschläge, die man seinem Partner oder seiner Partnerin gibt, sind auch immer dieselben.

An diesem Punkt beginnt die Faszination, der Brennstoff für das Feuer der Liebe, zu versiegen.

DIE GRÜNDE DES ENGELS

Um fünf Uhr morgens tauschte ich die Badewanne, in der ich kurz davor war, mir eine Lungenentzündung zu holen, gegen Sofa und Decke ein. Da ich irgendetwas brauchte, um mich an meinem vergangenen Glück festzuhalten, schaute ich mir zum x-ten Mal *Der Himmel über Berlin* an.

Es ist schon seltsam, wie sehr der Zahn der Zeit an modernen Klassikern wie zum Beispiel diesem Film von Wim Wenders nagt. Mit seinem Protagonisten, einem Engel, der beschließt, Mensch zu werden, seinen schwarzweißen Bildern und seinem poetischen Text von Peter Handke, der gemeinsam mit dem Regisseur das Drehbuch schrieb, hat das Werk bis heute nichts von seiner Schönheit verloren.

Aber in Zeiten von Smartphone und sozialen Netzwerken kommt einem das Tempo des Films unerträglich langsam vor. Wir schaffen es heute nicht mehr, ruhig vor einem Bildschirm zu sitzen, auf dem kaum etwas passiert.

Und doch, vielleicht weil der Schock, das kalte Badewasser und der Schlafmangel mich in eine eigenartige Lähmung versetzt hatten, genoss ich es erneut, mir die Gründe des Engels für seinen Verzicht auf die Ewigkeit anzuhören.

Es ist herrlich, nur geistig zu leben und Tag für Tag von den Leuten rein was Geistiges zu bezeugen. Aber manchmal wird mir meine ewige Geistesexistenz zu viel. Ich möchte dann nicht mehr so ewig drüberschweben, ich möchte ein Gewicht an mir spüren, das die Grenzenlosigkeit an mir aufhebt und mich erdfest macht.

Ich möchte bei jedem Schritt oder Windstoß »jetzt« und »jetzt« und »jetzt« sagen können. Und nicht »wie immer«, »seit je« und »in Ewigkeit«.

Sich an den freien Platz am Kartentisch setzen, begrüßt werden … auch bloß mit einem Nicken.

In gewisser Weise, dachte ich, während mir die Augen zufielen, hatte ich mich genauso gefühlt, als ich damals vom Himmel der deutschen Autoren und klassischen Komponisten herabgestiegen war, um Gabriela zu lieben.

Der Mann, der sich auf den Schwingen von Kunst und Kultur, meiner Zuflucht vor der äußeren Wirklichkeit, von der Welt entfernt hatte, war zurückgekehrt, um die einfachen Freuden des irdischen Lebens zu genießen.

… aber es wäre doch schon etwas, beim Nachhausekommen nach einem langen Tag wie Philip Marlowe die Katze zu füttern. Fieber haben, schwarze Finger vom Zeitunglesen. Sich nicht immer nur am Geist begeistern, sondern endlich an einer Mahlzeit, einer Nackenlinie, einem Ohr.

Lügen wie gedruckt. Beim Gehen das Knochengerüst in sich mitgehen spüren.

Endlich ahnen, statt immer alles zu wissen. »Ach!« und »Oh!« und »Ah!« und »Weh!« sagen können, statt »Ja« und »Amen«.

»Ach!« und »Oh!« und »Ah!« und »Weh!«, diese Ausrufe hätte auch ich in meiner gegenwärtigen Lage andauernd wiederholen können. Und das war das letzte, was ich dachte, bevor ich einschlief.

DER TEMPEL DES GOLDENEN PAVILLONS

Ich erwachte vor neun Uhr morgens, und ein noch bittereres Gefühl als im Morgengrauen überkam mich.

In der nächtlichen Verwirrung war mir mein Drama wie ein Alptraum oder Alkoholdelirium vorgekommen, obwohl ich nicht einen einzigen Schluck getrunken hatte. Ich hatte mich berechtigt gefühlt, mit dem Engel des Films zu verschmelzen, während die Menschheit einem neuen Tag entgegenschlief.

Im aggressiven Morgenlicht aber blieb mir nicht anderes übrig, als zu erkennen, was aus mir geworden war: ein wider Willen einsamer Mann.

Während ich mich rasierte, um zur Uni zu gehen, obwohl ich an diesem Morgen keine Klausurbetreuung und keine Sprechstunde hatte, betrachtete ich im Spiegel die grauen Haare, die mittlerweile den Kampf gegen die schwarzen gewonnen hatten. Auch die Schwellungen unter meinen Augen traten deutlich hervor, was allerdings auch an den nächtlichen Tränen liegen konnte.

»Vielleicht solltest du sie anrufen und dich erkundigen, wie es ihr geht«, sagte ich mir, während ich mir das Gesicht mit Rasierwasser einrieb. »Es heißt ja, dem, der verlässt, geht es schlechter als dem, der verlassen wird.«

Passend zu meiner seelischen Verfassung kleidete ich mich von Kopf bis Fuß in Schwarz und schleppte mich zur Tür wie ein verwundetes Tier. Ich war schon halb draußen, da entdeckte ich unter meinen Füßen eine zweite Postkarte.

Vermutlich hatte der Briefträger, der mit irgendeinem Paket zu Titus hoch musste, sie frühmorgens vor meine Tür gelegt.

Auf der Ansichtsseite war ein zierlicher orientalischer Tempel inmitten einer Gebirgslandschaft zu sehen. Sofort begriff ich, dass die Karte vom selben Absender stammen musste wie die mit der Katze, die mir so viel Pech gebracht hatte.

Briefmarke und Stempel waren japanisch, aber in einer Ecke war in lateinischer Schrift vermerkt, dass das Foto den Tempel des goldenen Pavillons in Kyoto zeigt. Und genau wie auf der ersten Postkarte waren mein Name und meine Adresse sorgfältig mit einem Füllfederhalter geschrieben worden.

Ich fand es sehr verwirrend, nicht zu wissen, wer um alles in der Welt mir diese Karten schickte, zumal ich noch nie in Japan gewesen war. Doch am meisten beunruhigte mich der Teil der Karte, der für eine Nachricht bestimmt war.

Er war vollkommen leer.

UMAMI

Zu müde und durcheinander, um irgendetwas Vernünftiges zu tun, hielt ich es für das Beste, an diesem Dienstag mein übliches Tagesprogramm umzuschmeißen. Auf der Suche nach etwas menschlicher Wärme ging ich hoch zu Titus.

Wie an jedem Tag der Woche, sogar samstags und sonntags, saß er an seinem Schreibtisch, den Computer förmlich unter Büchern begraben. Der alte Redakteur besaß eine unerschöpfliche Produktivität, wenn sich auch sein Körper von Tag zu Tag ein wenig mehr in sich selbst zurückzuziehen schien. Mit seinem kahlen Schädel erinnerte er mich an die Zen-Mönche aus Tempeln wie dem des goldenen Pavillons.

Der Schicksalsschlag, den ich gestern erhalten hatte, war noch zu frisch, als dass ich hätte darüber reden können, deshalb begann ich mit etwas anderem.

»Ich habe eine zweite Postkarte bekommen«, sagte ich und legte die Karte auf Titus' Schreibtisch, um ihn zu zwingen, den Blick vom Bildschirm zu wenden. Er schaute flüchtig hin, dann nahm er seine Brille ab, putzte sie und inspizierte die Karte von beiden Seiten.

»Offenbar hast du einen treuen Freund in Kyoto. Die andere Karte kam doch auch von da.«

»Treuen Freund? Ich kenne weder jemanden in Kyoto noch sonst wo in Japan. Das muss ein Irrtum sein.«

»Irrtümer wiederholen sich nicht zweimal auf die gleiche Weise. Außerdem stehen dein Name und deine Adresse auf der Karte. Es kann also kein Irrtum sein.«

Ich griff nach einem Hocker und setzte mich neben ihn wie ein Kind, das sich beim Vater Rat und Geborgenheit holt. Ich brauchte beides, ich fühlte mich verletzt und verloren wie ein an der Landstraße umherirrender Hund.

Irgendwie musste Titus das gespürt haben, denn er legte mir eine Hand auf die Schulter und sagte:

»Ich mach uns mal eine Kanne *Kabusecha*, und dann reden wir in Ruhe.«

Ich blieb sitzen und betrachtete die Bahnstrecke, auf der Titus seine kleinen Züge ihre Runden drehen ließ. Unter dem Tischchen, auf dem er die Anlage aufgebaut hatte, lag Mishima. Offenbar war sie mir gefolgt, jetzt beobachtete sie uns mit erwartungsvollem Blick.

Mein Gastgeber kehrte mit einer gusseisernen Teekanne und zwei ungleichmäßig geformten Tassen zurück.

»Die sind japanisch wie dein Freund«, sagte er und zwinkerte mir zu. »Wir werden diesen Kabusecha, ein Mittelding zwischen *Sencha* und *Gyokuro*, auf sein Wohl trinken. Es ist alles eine Frage des *Umami*.«

»Ich verstehe kein Wort, Titus.«

Titus setzte sich an den Schreibtisch, wandte sich auf seinem Drehstuhl in meine Richtung und füllte die beiden Tassen mit der grünen Flüssigkeit. Ein zarter Duft nach frischem Gras zog durch den Raum.

»In letzter Zeit interessiere ich mich sehr für die Welt des Tees«, erklärte er. »Meinem Körper bleiben nicht mehr viele Flugstunden, deshalb nehme ich möglichst viele Antioxidantien zu mir, um den Moment hinauszuzögern, in dem er völlig schlappmacht.«

Mir fiel wieder die Herzattacke ein, die er vor ein paar Jahren erlitten hatte. Damals hatte ich als Redakteur für ihn einspringen müssen und hatte auf der ganzen Linie versagt.

»Die drei Teesorten, die ich eben genannt habe, stammen von ein und derselben Pflanze. Sie wird nur auf drei verschiedene Arten gezüchtet«, fuhr er fort, stolz, jemandem von seiner neusten Leidenschaft erzählen zu können. »Sencha ist naturbelassener grüner Tee. Er wächst von Anfang an und bis zur Ernte im Freien, unter der Sonne. Das andere Extrem ist Gyokuro, der Champagner unter den grünen Tees. Seine Blätter werden vor der Ernte abgedeckt. Der Tee, den wir jetzt trinken werden, ist ein Mittelding zwischen beiden. Probier mal …«

Ich hob die Tasse an die Lippen, um den ersten Schluck zu trinken. Der Tee schmeckte mild und leicht bitter.

»Kabusecha hat ein mittelstarkes Umami, weil man der Pflanze während des Wachstums ein bisschen Sonnenlicht gönnt.«

»Und was in aller Welt ist Umami?«

»Das, was den Tee bitter macht.« Titus' tiefliegende Augen schauten mich forschend an. »Wenn ich es mir so überlege, ist dieses Umami auch ein passendes Symbol für menschliche Dinge.«

Er hielt sich die Tasse unter die Nase und sog den Duft des Kabusecha ein, bevor er einen Schluck trank. Ich wartete schweigend darauf, dass er weitersprach.

»Je weniger Licht die Pflanze während ihres Reifeprozesses abbekommt«, fuhr er fort, »umso stärker wird ihr Umami. Genauso ist es mit den menschlichen Gefühlen. Wenn man Sorgen nicht durchlüftet, gären sie in einem, so lange, bis man verbittert.«

»Und das hast du gerade in meinem Gesicht gelesen?«, platzte ich heraus.

»Ja. Sag schon, Samuel. Was ist los?«

DAS UNIVERSUM BEWEGT SICH

Während Titus seine Modelleisenbahn im Kreis fahren ließ, gab ich ihm Wort für Wort das Telefonat mit Gabriela vom Vorabend wieder. Jedes Mal, wenn der Zug über die Katze hinwegrollte, schlug sie mit dem Schwanz aufs Parkett. Als ich fertig war, verfolgte Titus noch eine Weile hochkonzentriert das Kreisen der kleinen Bahn. Dann wandte er sich langsam zu mir.

»Vorerst kannst du gar nichts tun«, sagte er. »Nur die Wabi-Sabi-Natur der Dinge akzeptieren, die der Liebe inbegriffen.«

»Genau dieses Wort stand auf der ersten Postkarte …«, rief ich erstaunt. »Hast du etwa nachgeforscht, was dieses Wabi-Sabi zu bedeuten hat?«

»Oh ja! Und zwar so ausführlich, dass mein Alter Ego Gottfried Kerstin beschlossen hat, dem Thema ein Sachbuch zu widmen. Ich habe sogar schon einen Verlag gefunden, der an einer Veröffentlichung interessiert ist, und heute habe ich das Vorwort geschrieben.«

Sofort läuteten bei mir alle Alarmglocken. Ich konnte mich noch gut daran erinnern, wie Titus angefangen hatte, an dem *Kleinen Lehrbuch in Alltagsmagie* zu schreiben, einem seiner unter Pseudonym veröffentlichten Ratgeber, und wie er schließlich krank geworden war und mir die Arbeit aufgehalst hatte.

»Lies es mal, dann wirst du verstehen, wovon ich rede.«

Mit einem Doppelklick öffnete er ein auf seinem Desktop abgelegtes Dokument. Dort erläuterte Gottfried Kerstin eine in der japanischen Kultur tiefverwurzelte Vorstellung:

Unter dem Begriff «Wabi-Sabi« versteht man ein ganz bestimmtes ästhetisches Konzept und zugleich eine Lebensphilosophie.

Wabi-Sabi bezieht sich auf die Schönheit des Unvollkommenen, Vergänglichen und Unvollständigen. Wie so vieles in der japanischen Kultur erwächst auch diese Vorstellung aus der Betrachtung der Natur. Nichts in der Natur ist vollkommen, zumindest nicht im Sinne der euklidischen Geometrie, nach der wir im Abendland Vollkommenheit bemessen, denn die Natur steckt voller Asymmetrie. Nichts in der Natur ist von Dauer, denn alles im Leben wird geboren und stirbt und ist in beständigem Wandel begriffen. Nichts in der Natur ist vollständig oder vollendet, da die Idee der Vollkommenheit lediglich ein abstraktes, vom menschlichen Geist geschaffenes Konzept ist.

Die Philosophie des Wabi-Sabi entwickelte sich als Gegenbewegung zum chinesischen Perfektionismus des 16. Jahrhunderts und findet sich in der Teezeremonie, in der japanischen Kunst des Blumenarrangierens (Ikebana), in den Haikus und im No-Theater wieder.

»Nichts ist von Dauer …«, wiederholte ich. »Ist es das, was du meintest, als du von Liebe gesprochen hast?«

»Wenn wir die Liebe als eine der menschlichen Künste betrachten, unterliegt sie den Japanern zufolge den Prinzipien des Wabi-Sabi. Sie ist unvollkommen, da jedes Paar die Summe und Reibung zweier Unvollkommenheiten ist. Sie ist unvollendet, da Beziehungen sich ständig weiterentwickeln, zum Guten oder zum Schlechten. Und ja, sie ist etwas Vorübergehendes, etwas Vergängliches. Man muss sie genießen, solange sie hält.«

»Das heißt …, Liebe währt nicht ewig, so wie im Märchen oder in Hollywoodfilmen.«

Titus stoppte den kleinen Zug, als hätte er bereits eine klare Meinung zu diesem Thema. Er beugte sich zu mir vor und sah mich aus müden Augen an.

»Das tut sie auf keinen Fall«, sagte er. »Selbst ein Paar, das sich wunderbar versteht, zerbricht irgendwann, weil der eine vor dem anderen stirbt.« Er schwieg eine Weile nachdenklich. »Es sei denn, beide machen gemeinsam etwas Verrücktes.«

»Vielleicht hast du recht«, seufzte ich, »aber das ist nicht wirklich tröstlich, wenn man selbst der Leidtragende ist.«

»Jetzt bist du verletzt, aber auch dieses Gefühl vergeht.«

Ich wusste nicht, was ich sagen sollte. Während ich mich mit dem alten Redakteur unterhielt, fragte ich mich, wann Titus wohl zuletzt verliebt war. Als ich ihn kennenlernte, war er schon allein, und ich wusste nur, dass er einmal in einer Beziehung gelebt, das Ganze aber – so seine Worte – hatte auslaufen lassen, weil die Frau ihm den Kopf vollgequasselt hatte und er Ruhe brauchte.

»Gabriela hat auch nicht gesagt, dass alles aus ist«, entgegnete ich abwehrend. »Sie meint nur, sie braucht eine Pause. Vielleicht kommt sie ja zurück, nachdem sie eine Zeitlang bei ihrer Freundin gewohnt hat.«

»Vielleicht kommt sie auch nie mehr zurück. Mach dir lieber keine falschen Hoffnungen, sonst läufst du Gefahr, an einer Stelle auf den Bus zu warten, wo gar keiner mehr fährt.«

»Mensch, Titus, ich dachte, du würdest mir Mut machen«, protestierte ich, »stattdessen malst du alles nur noch schwärzer. Warum sollten wir denn keine zweite Chance haben? Ich will nicht glauben, dass es für immer aus ist.«

»Das Universum bewegt sich.«

Mit diesem verstörenden Satz endete unsere Unterhaltung. Die Minuten verstrichen, und Titus deutete an, an seinem Manuskript weiterarbeiten zu wollen.

Ich dankte ihm für den Tee und seine Versuche, mir zu helfen, obwohl ich im Grunde noch niedergeschlagener war als vor meinem Besuch bei ihm.

Als ich mich zum Gehen wandte, hob er den Kopf und sagte:

»Ich an deiner Stelle würde die Gelegenheit nutzen, dass dein Unterricht zu Ende ist, und deinen neuen Freund besuchen. Es wird dir sicher guttun, mal für eine Weile aus allem raus zu sein.«

»Was für einen Freund meinst du denn?«

»Den, der dir die Postkarten aus Kyoto geschickt hat. Nichts passiert ohne Grund, du kennst ja meine Einstellung in diesen Dingen. Wenn die Karten gerade jetzt gekommen sind, dann weil du der Sache auf den Grund gehen und etwas entdecken sollst. Also, ich an deiner Stelle würde es tun.«

WABI SABI LOVE

Den restlichen Dienstag verbrachte ich im Bett und wartete auf einen Anruf, der nicht kam. Ich hatte Gabriela mehrere SMS geschickt, auf die sie nur knapp geantwortet hatte. Sie stellte sich taub, und Gott allein wusste, wann sie reagieren würde.

Um mich abzulenken, las ich auf meinem Laptop Verschiedenes über die Schönheit des Unvollkommenen, mit der sich Titus gerade befasste. Beim Googeln stieß ich auf ein 2012 erschienenes Handbuch mit dem Titel *Wabi Sabi Love*, das ironischerweise von der Kunst handelte, die Liebe festzuhalten, sowie auf ein Lied mit dem gleichen Titel, das zwei Jahre zuvor herausgekommen war.

Ich hörte es mir auf Spotify an. Eine rauhe Stimme sang zu den Akkorden einer verzerrten Gitarre.

Where is magic gone?
Clouds wrap your bright soul.
Embrace me,
I'm a child now
*begging for a smile.**

* Wohin ist der Zauber verschwunden?/Wolken umhüllen deine strahlende Seele./Umarme mich,/jetzt bin ich ein Kind,/das um ein Lächeln bettelt.

Wie so oft schien der Song von meiner unglücklichen Geschichte zu handeln. Vielleicht hatte sich tatsächlich im Lauf unseres achtjährigen Zusammenlebens der Zauber verflüchtigt, ohne dass ich es gemerkt hatte, und Gabriela hatte das Gefühl bekommen, im Alltag zu ersticken.

Möglicherweise waren wir schlicht an unseren unterschiedlichen Erwartungen gescheitert.

Zwar hatten wir nie zusammengelebt, aber die Rituale, die sich zwischen uns eingestellt hatten, gefielen mir. Mehrmals die Woche wartete ich nach der Arbeit auf sie – vom Plattenladen war sie zu einer Kunstgalerie gewechselt –, oder sie holte mich ab. Wir gingen ins Kino, das Filme im Original mit Untertiteln zeigte, und anschließend essen. Danach landeten wir bei ihr oder bei mir und schliefen miteinander. So ging es Woche für Woche. An den Wochenenden gingen wir fast nie aus. Sie sagte immer, es deprimiere sie, mit der Herde mitzulaufen, sie wolle lieber zu Hause bleiben und lesen.

Stop complaining low,
life is pure imperfection.
Things are bumpy and rough
*that's what's so funny about it.**

Auch in dieser Strophe von *Wabi Sabi Love* erkannte ich etwas, was mir Gabriela immer vorgeworfen hatte. Sie fand, ich würde mich wie ein alter Mann darüber beschweren, dass die Welt nicht meinen Vorstellungen entspreche, und sei unfähig, mich dem tatsächlichen Leben anzupassen.

* Hör auf, vor dich hin zu meckern, / das Leben ist die reinste Unvollkommenheit. / Alles ist holprig und uneben, / das ist es doch gerade, was Spaß macht.

Ich dagegen glaubte, jedes Hindernis beweise, dass der Mensch in eine Welt ohne kosmische Gerechtigkeit geworfen sei. Anders als Titus dachte ich, die Dinge geschähen eben einfach und man solle nicht groß nach irgendwelchen Gründen suchen. Wir seien Schiffbrüchige des Zufalls.

Gabriela mochte meine Einstellung nicht. Sie glaubte lieber an ein lenkendes Schicksal, und das verlangte wohl jetzt von ihr, sich von mir zu trennen. Vielleicht war sie der Meinung, ich hätte ihr alles gegeben, was ich ihr geben konnte. Ich sei vorhersehbar geworden. Würde sie sich nach besagter Pause einen verrückteren Mann suchen? Einen Künstler vielleicht, einen von denen, die von ihrer Galerie vermarktet wurden?

Mit dem könnte sie sich zweifellos über interessantere Dinge unterhalten als mit einem abgewirtschafteten Germanistikdozenten, der mit einer Katze zusammenlebte.

Mishima, die es sich auf meinen Beinen bequem gemacht hatte, miaute auf, als hätte sie mein Gejammer gehört. Das Lied ging zu Ende, so wie meine erste – und vielleicht letzte – Liebesgeschichte.

Wabi Sabi love,
circles never close.
Let's crash
our unwise dreams
*against the world.**

* Wabi-Sabi-Liebe, / Kreise schließen sich nie. / Lasst uns unsere / unvernünftigen Träume / gegen die Welt schleudern.

WIE MAN EINSAMKEIT BEKÄMPFT

Noch immer in meiner Lethargie gefangen, hörte ich über Spotify ein Album von Wilco, einer der wenigen Bands, die ich, wenn ich keine Klassik auflegte, gerne hörte. Vermutlich weil sie mich an die Beatles erinnerten.

Was der Titel *Summerteeth* bedeutet, habe ich nie verstanden, aber die CD enthält einen meiner Lieblingssongs dieser Chicagoer Band, *How to fight loneliness*, ein Stück, das gerade jetzt perfekt passte, auch wenn ich nicht unbedingt geneigt war, den Ratschlägen zu folgen.

Drag your blanket blindly
Fill your heart with smoke
And the first thing that you want
*Will be the last thing you ever need**

Ich gehöre eher zum Typ des altmodischen Mannes, der weint, wenn er Bach hört, als zu dem des Rockfans, der seinen Liebeskummer in Drogen erstickt.

Wenn es mit mir bergauf gehen sollte, musste ich tun, was mir in meiner trostlosen Lage jeder Therapeut geraten hätte: unter Leute zu gehen. Zu Hause bei Mishima würde ich nur

* Zieh blind deine Decke weg/Füll dein Herz mit Rauch/Und das Erste, was du dir wünschst/Wird das Letzte sein, was du brauchst

pausenlos über meine Wabi-Sabi-Liebe nachgrübeln, eine Beziehung, die sich vielleicht wie Herbstlaub nie mehr würde zum Leben erwecken lassen.

Allerdings ist es nicht so leicht, eine Bestandsaufnahme seiner Freundschaften zu machen, wenn man jahrelang mit niemandem außer seiner Freundin ausgegangen ist und eigentlich nur mit einer Katze und einem alten, ständig beschäftigten Redakteur Umgang hatte.

Mein Freundesinventar war eine sehr deprimierende Angelegenheit.

Plötzlich vermisste ich Valdemar, den Exzentriker und Mondforscher.

Er war kein einfacher Mensch gewesen, aber ich musste oft an unsere langen Gespräche über die ausgefallensten Dinge zurückdenken. Eine Zeitlang hatte ich ihn sogar bei mir untergebracht oder, besser gesagt, in Titus' Wohnung, als der im Krankenhaus lag.

Valdemar war eines Tages genauso verschwunden, wie er gekommen war, und hatte uns sein Manuskript über den Mond hinterlassen. Ich hatte nie mehr etwas von ihm gehört. Auf Facebook fand sich keine Spur von ihm, geschweige denn auf Linkedin, da Valdemar schon seit Ewigkeiten keine Arbeit mehr hatte.

Missing in Action. Einfach verschollen.

Würde es mit Gabriela genauso enden? Dass ich nicht mit ihr zusammengelebt hatte, war auch von Vorteil. Sie hatte nichts in meiner Wohnung zurückgelassen außer jener Vase, aber die war ja eh schon hin. Vielleicht würde auch sie – egal, ob sie aus Paris zurückkehrte oder nicht – aus meinem Leben verschwinden.

Um diese düsteren Gedanken zu verdrängen, beschloss ich, die lange Mail von Daniel Lumbreras zu beantworten. Zu schönen Worten war ich jetzt allerdings nicht aufgelegt, ich gab ihm nur zu verstehen, dass sein Brief mir sehr gefallen hatte und ich gern mal zu einem seiner Konzerte ginge.

Nachdem ich die Mail abgeschickt hatte, wurde mir erneut die Leere und Einsamkeit in meinen vier Wänden bewusst.

Da fiel mir Meritxell ein. Sie war nicht nur Mishimas Tierärztin, seit die Katze damals bei mir aufgekreuzt war – was inzwischen schon ein halbes Katzenleben zurücklag –, uns verband auch eine Art lose Freundschaft.

Seit fast einem Jahr hatten wir nicht mehr miteinander gesprochen, deshalb beschloss ich, sie unter irgendeinem Vorwand anzurufen. Sofort sprang die Katze vom Bett, als könnte sie die Nummer lesen, die ich gerade eingab, und verschwand aus dem Zimmer.

»Bist du's, Samuel?«

»Ja«, sagte ich, fragte mich allerdings, ob das noch stimmte. »Ich habe Mishima schon viel zu lange nicht mehr durchchecken lassen.«

»Hat sie irgendwas?«

»Nicht dass ich wüsste … Na ja …« Ich ließ mir blitzschnell etwas einfallen. »… also, in letzter Zeit kratzt sie sich oft am Ohr. Vielleicht müsste man mal nachsehen, ob sie Parasiten hat.«

»Wenn sie sich dauernd kratzt, dann bring sie in die Praxis. Ich kann sie aber nicht selbst untersuchen«, sagte sie in ihrer typischen direkten Art. »Aus gesundheitlichen Gründen darf ich eine Zeitlang keine Katzen anfassen.«

»Du arbeitest gerade gar nicht?«

»Im Moment nicht.«

An dieser Stelle wurde mir die Absurdität unseres Gesprächs bewusst. Man musste schon ziemlich vereinsamt sein, um bei einer Tierärztin nach menschlicher Wärme zu suchen.

»Weißt du, dass ich bei dir um die Ecke bin?«, sagte Meritxell plötzlich. »Ich bin hier in Gracia, um ein paar Besorgungen zu machen. Wenn du willst …«

»Sollen wir einen Kaffee zusammen trinken?«, kam ich ihr zuvor.

»Okay. Treffen wir uns im Café Canigó. Ich muss dir was Wichtiges erzählen.«

EIN UNVERHOFFTES ANGEBOT

Es war zehn nach fünf, als ich Meritxell am Eingang eines der alten Cafés in Gracia traf. Sofort war klar, was sie mir so Wichtiges hatte erzählen wollen.

Ihr stattlich gewölbter Bauch gab mir zu verstehen, dass sie bereits seit einer Weile schwanger war. Ansonsten war sie noch immer die gleiche ruhige, gelassene Frau mit den hübschen Gesichtszügen, die ich vor acht Jahren kennengelernt hatte. Sie lächelte so, als amüsierte sie sich köstlich über mein verdutztes Gesicht.

»Glückwunsch«, sagte ich und beugte mich zu ihr hinunter, um sie auf beide Wangen zu küssen. »Ich wusste ja nicht, dass …«

»Vor einem Jahr wusste ich es auch noch nicht. Es ist einfach so passiert, fast von einer Woche auf die andere.«

Während wir uns in dem Café mit seinen an hohen Decken hängenden Ventilatoren niederließen, fragte ich mich, ob ich vielleicht besonders schwer von Begriff war. Ich verstand nicht, was sie gemeint hatte. Von Titus' neuer Passion inspiriert, bestellte ich mir einen grünen Tee.

»Von einer Woche auf die andere? Du sagst das so locker wie jemand, bei dem plötzlich ein Pilz im Blumentopf sprießt«, witzelte ich.

Meritxell lachte über meinen Vergleich, und ich nutzte die Gelegenheit, um ihre ebenmäßigen Züge zu bewundern. Etwas an ihr strahlte Frieden aus. Dazu trug vielleicht auch ihre tiefe, kein bisschen schrille Stimme bei.

»Ich habe keinen Partner«, sagte sie unvermittelt. »Das Kind wird ohne Vater aufwachsen müssen.«

Ihr unverblümtes Geständnis überraschte mich. Ich goss mir meinen Tee ein.

»Hat der Vater des Kindes dich verlassen?«, wagte ich zu fragen.

»Ich weiß nicht, wer es ist«, antwortete sie und grinste über meine verblüffte Miene. »Ich habe mich künstlich befruchten lassen.«

Diese Tierärztin war mutiger, als ich gedacht hätte, sagte ich mir, während ich einen Schluck vom grünen Tee nahm, der längst nicht so gut schmeckte wie der von Titus. Jetzt begriff ich auch, was sie bezüglich ihres Urlaubs gemeint hatte. Schwangeren Frauen wird für gewöhnlich geraten, sich von Katzen fernzuhalten.

Sie trank von ihrem Mineralwasser, dann klärte sie mich auf.

»Weißt du, ich werde bald vierzig und hatte es satt, darauf zu warten, dass der passende Mann auf der Bildfläche erscheint, mit dem ich eine Familie hätte gründen können. Nach mehreren Enttäuschungen habe ich dann eines Tages beschlossen, mir meinen Traum zu erfüllen, ohne von jemandem abhängig zu sein.«

»Du wirst bestimmt eine ausgezeichnete Mutter«, rutschte es mir heraus.

»Ich werde es zumindest versuchen. Meine Liebe zu diesem Kind, das ich ja noch gar nicht kenne, wird mir helfen durchzuhalten.«

»Am Anfang wird es vielleicht hart sein …«, dachte ich laut. »Wenn das Kind noch klein ist und du wieder zur Arbeit musst. Hast du denn Familie in der Nähe?«

»Nein, niemanden. Ich habe keine Geschwister, und meine Eltern sind schon vor längerer Zeit gestorben. Sie haben mich sehr spät bekommen.«

»Umso bewundernswerter ist der Schritt, den du getan hast. Manche zukünftige Eltern machen sich jede Menge Sorgen, obwohl sie eine große Familie um sich haben.«

Meritxell bedankte sich für meine Bemerkung mit einem Lächeln, das ihre Augen aufleuchten ließ. Dann fragte sie mich, wie es denn bei mir so laufe. Ich verschwieg ihr nichts, ging aber auch nicht ins Detail. Und sie fragte nicht weiter nach den Trennungsgründen, wofür ich ihr sehr dankbar war, ich kannte sie ja nicht mal selbst.

Von der Sache mit den beiden Postkarten war sie dagegen genauso fasziniert wie Titus und gab mir den gleichen Ratschlag: »An deiner Stelle würde ich nach diesem unbekannten Freund suchen.«

»Ich weiß nicht, wer der Mensch ist, der mir solche Postkarten schickt. Ich weiß nur, dass sie aus Kyoto kommen.«

»Die alte japanische Hauptstadt«, seufzte sie. »Da wollte ich immer schon mal hin. Jetzt wird es lange dauern, bis ich zu so was komme … Und du hast noch nicht mal die Adresse des Absenders?«

»Ich glaube nicht. Auf der ersten Postkarte, der mit der winkenden Katze, habe ich hintendrauf die Adresse einer Werkstatt entdeckt.«

»Einer Werkstatt, die Maneki-nekos herstellt?«

»Wohl kaum … Diese Katzen kommen bestimmt aus China. Aber da steht in lateinischer Schrift ›Atelier‹, ich nehme also an, es hat was mit diesem Wabi-Sabi zu tun.« Ich hatte ihr erklärt, was das handgeschriebene Wort bedeutete. »Oder vielleicht auch nicht, wer weiß.«

»Geh doch hin und frag, ob jemand aus der Werkstatt dir die Karten geschickt hat.«

»Aber das ist doch absurd! Ich kenne dort niemanden und habe keine Ahnung, wie sie an meine Adresse gekommen sind.«

»Ein Grund mehr, zu diesem Atelier zu gehen! Außerdem: Hast du nicht gesagt, du hättest in ein paar Wochen Ferien?«

»Du redest, als läge Kyoto um die Ecke«, brummte ich, während ich zum ersten Mal mit dem Gedanken spielte, mich auf diesen Wahnsinn einzulassen. »Der Flug dauert bestimmt fünfzehn oder sechzehn Stunden.«

»So anders, als zu Hause herumzusitzen und zu lesen, ist das auch nicht.« Sie ließ nicht locker. »Die Zeit wird wie im Flug vergehen. Aber sieh zu, dass du Ende Juli wieder hier bist.«

»Muss ich sowieso, wegen der Uni«, erwiderte ich verwundert. »Warum meinst du?«

»Ehrlich gesagt, schäme ich mich ein bisschen, es dir zu sagen.«

Ihre kleinen Augen blickten zur Glastür, durch die man die Plaza de la Revolución im Nachmittagslicht liegen sah. Dann schaute sie mir geradewegs ins Gesicht und fragte:

»Möchtest du Patenonkel meines Kindes werden?«

REISEVORBEREITUNGEN

In den folgenden Tagen wechselte meine Stimmung immer wieder unvermittelt zwischen Traurigkeit, Verwirrung und kurzen Phasen der Hoffnung. Letztere hatte Auftrieb bekommen durch das ungewöhnliche Angebot von Meritxell, das ich, ohne wirklich zu wissen, warum, angenommen hatte.

Na ja, eigentlich wusste ich doch, warum. In meinem absoluten Stimmungstief – ich stand am Rand einer Depression – fand ich, dass es immerhin ein netter Zug von einer alleinstehenden Mutter war, mich als Patenonkel für ihr Kind auszusuchen.

Sie war zwar nur die Tierärztin meiner Katze, und wir hatten uns seit einem Jahr nicht mehr gesehen, aber die Gewissheit, dass in ein paar Wochen irgendwo jemand auf mich warten würde, tröstete mich.

Mich damit abzufinden, dass Gabriela mich verlassen hatte, fiel mir nicht leicht, denn alles, was mit ihr zu tun hatte, tat mir weh, sogar meine eigene Stadt. Ich warein Gewohnheitstier und legte stets meine üblichen Wege zurück – jetzt wieder als einsamer Mann –, ein wahres Minenfeld, denn überall war ich mit ihr gewesen.

Gabriela hatte mich oft, nachdem sie die Nacht bei mir verbracht hatte, zur Uni begleitet. Tausendmal waren wir zusammen die Calle Verdi rauf- und runtergelaufen, um in *La Baignoire* einen Wein trinken zu gehen, in der Buchhandlung

Taifa zu stöbern oder uns im *Verdi* irgendeinen Independent-Film anzusehen.

Jetzt erinnerte mich meine gesamte Welt an ihre Abwesenheit.

So begann, wenn auch aus einem ziemlich absurden Grund, in meinem Kopf der Gedanke zu reifen, dass ich mich absetzen sollte. Kyoto, warum nicht? Titus und Meritxell drängten mich, hinzufliegen, obwohl mein Versuch, per E-Mail Kontakt mit dieser Wabi-Sabi-Werkstatt aufzunehmen, ergebnislos geblieben war.

Ich war allein – sogar Daniel Lumbreras war nach seiner langen Mail verstummt –, und vor mir lag ein langer Sommer. Ich brauchte definitiv einen Ortswechsel, und da kam mir das alte Kyoto so gelegen wie jeder andere Ort.

Durch mein Fachgebiet war ich schon so eingedeutscht, dass ich mich sofort mit der Logistik dieses Vorhabens befassen musste. Das japanische Konsulat teilte mir mit, ich bräuchte kein Visum, solange mein Aufenthalt im Land nicht länger als neunzig Tage dauerte.

Außerdem brachte es mich in Kontakt mit einem japanischen Tourismusbüro. Dort drehte man mir ein Vierzehn-Tage-Pauschalticket an, mit dem ich im *Shinkansen*, dem japanischen Hochgeschwindigkeitszug, das ganze Land würde bereisen können, obwohl ich gar nicht vorhatte, Tourismus zu betreiben. Und man besorgte mir für die ersten vier Tage eine Unterkunft in einem Ryokan, einem der traditionellen Kyotoer Hotels.

Den Flug mit offenem Rückreisedatum buchte ich bei Qatar Airways, mit Zwischenstop in Doha. Ein Lonely-Planet-Touristenführer für Japan vervollständigte meine Reisegrundausstattung.

Als alles vor mir auf dem Schreibtisch lag, fiel mir ein, dass es da noch ein Problem gab: Wer würde Mishima versorgen, solange ich in dem Land weilte, aus dem ihr Name stammte?

Die Antwort saß in der Wohnung über mir am Computer.

Es war bereits Sonntag, als ich hochging, um Titus mitzuteilen, dass ich nun doch verreisen und er für ein paar Wochen meine Katze unter seiner Modelleisenbahn haben würde. Länger glaubte ich nicht, es in einem so fremdartigen, ungewohnten Land auszuhalten.

Die Tür öffnete sich mit dem üblichen Surren. Während ich den Flur entlanglief, in dem der *Wanderer über dem Nebelmeer* hing, verriet mir das Maschinengewehrgeratter von Titus' Tastatur, dass die Entstehung seines Buchs über Wabi-Sabi ordentlich Fahrt aufgenommen hatte.

»*Kon'nichiwa*«, begrüßte ich ihn, die ersten Worte formulierend, die ich im Glossar meines Reiseführers gelernt hatte.

»Hallo! Freut mich zu hören, dass du dich endlich durchgerungen hast.«

»Ich muss Barcelona eine Weile aus den Augen verlieren.«

»Du brauchst dich nicht zu rechtfertigen. Die Reise wird dir guttun, und irgendwie habe ich das Gefühl, du wirst etwas Wichtiges entdecken.«

Ich nahm ein paar Bände mit Zitatensammlungen von einem Hocker und setzte mich zu ihm. Der Stapel bedruckter Blätter neben seinem Computer – Titus hatte die Angewohnheit, das, was er am Tag schrieb, anschließend auf Papier zu korrigieren – bestätigte mir, dass das Manuskript zügig vorankam.

»Falls du irgendwas aus Japan brauchst: Ich werde bestimmt genug Zeit haben, danach zu suchen.«

»Man weiß ja nie. Wie die Zeit im fernen Kyoto vergeht, steht noch in den Sternen. Schon Einstein hat gesagt: Zeit ist relativ, aber abhängig von Bewegung und Raum.«

»Du redest, als würde ich gleich eine Rakete besteigen, um auf einen anderen Planeten zu fliegen.«

Der alte Redakteur nahm seine Brille von der Nase und sah mich mit ernster Miene an.

»In deinem Fall«, sagte er, »habe ich keinerlei Zweifel, dass es genauso sein wird.«

KYOTO

YUKIO MISHIMAS TOD

Als der Airbus 350 abhob, kam mir das alles vor wie Zauberei. Nicht nur, dass dieser wuchtige Blechhaufen es schaffte, die Schwerkraft zu überwinden. Die Tatsache, dass ein sesshafter Mensch wie ich, ein Mensch ohne jeden Bezug zu Japan, sich wegen zwei Postkarten auf eine derartige Reise eingelassen hatte, brachte mich auf den Gedanken, dass ich vielleicht irgendeinem Hexenzauber zum Opfer gefallen war.

Neben mir saß eine junge Frau, die, nach ihrer dunklen Haut zu urteilen und nach der Art, wie sie ihren Tschador zu hochhackigen, bestimmt sündhaft teuren Schuhen trug, vom Persischen Golf kam. Sie klinkte sich auf dem kleinen Bildschirm vor ihrem Sitz in eine virtuelle Golfpartie ein, während ich mir abwechselnd Notizen machte und einen Roman las.

Titus hatte mich beauftragt, ihm drei wenig bekannte Teesorten mitzubringen, und mich gebeten, so viel wie möglich über Wabi-Sabi herauszufinden. Er hatte nicht mehr als drei oder vier Bücher auftreiben können, die ihm nur begrenzt Auskunft über die Schönheit des Unvollkommenen lieferten.

Unter dem Deckmantel Gottfried Kerstins hatte der alte Redakteur sich Größeres vorgenommen als die bloße Erfüllung des Vertrags, den er mit einem kleinen Verlag für Persönlichkeitsentfaltung abgeschlossen hatte.

»Ich will das umfassendste Buch über Wabi-Sabi schreiben, das es jemals gab. Deshalb wäre es mir wichtig, dass du Originalmaterial sammelst. Falls ich es nach der Veröffentlichung schaffe, das Buch ins Ausland zu verkaufen, beteilige ich dich am Gewinn.«

Ich versicherte ihm, das sei nicht nötig, den Gefallen täte ich ihm sehr gern, wenn er sich im Gegenzug um meine Katze kümmere, aber er bestand ausdrücklich darauf, dass wir in dieser Sache Partner seien. Er gab mir sogar drei Bücher aus seinem Archiv mit, nicht ohne zuvor die Kapitel, die ihn interessierten, eingescannt zu haben.

Aber auf meinem Flug nach Doha war ich innerlich noch nicht so weit, mich auf die Welt des Flüchtigen und Unvollendeten einzulassen. Mein Leben war schon so planlos genug.

Deshalb schlug ich einen Roman von Murakami auf, den ich Lust hatte, ein zweites Mal zu lesen: *Wilde Schafsjagd*.

Oft ärgerte ich mich darüber, was aus diesem Autor geworden war, der in Europa wie ein Rockstar gefeiert wurde. *Kafka am Strand* hatte ihn hochberühmt gemacht. Aber in meinen Augen gehörte dieser Roman, in dem übrigens eine sprechende Katze vorkommt, nicht zu seinen besten. Auch *1Q84* hatte mich nicht besonders überzeugt. Obwohl die Geschichte packend ist und spannende Figuren darin auftauchen, hatte mich enttäuscht, worauf das Ganze hinauslief. Ich vermutete, der Autor habe, als die Geschichte immer komplizierter wurde, einfach drauflosimprovisiert, weil er nicht wusste, wie er sie zu Ende bringen sollte.

Gefährliche Liebe und *Naokos Lächeln*, für mich seine beiden großen Liebesromane, hatten offenbar längst nicht so viele Leser gefunden. Und das erste bei uns erschienene Buch, das ich nun im Begriff war, noch mal zu lesen, war völlig unbekannt. Während ich es für ein Meisterwerk hielt.

Der Roman beginnt damit, dass er das Leben der Hauptfigur zu Anfang der siebziger Jahre beschreibt. Als ich die folgende Passage wieder las, bekam ich eine Gänsehaut:

Noch heute erinnere ich mich genau an jenen merkwürdigen Nachmittag des 25. November 1970, den Tag, an dem sich Yukio Mishima das Leben nahm. Vom heftigen Regen heruntergerissene Gingko-Blätter färbten die Waldwege gelb wie ausgetrocknete Bäche. Die Hände in den Manteltaschen, spazierten wir immer wieder dieselben Wege entlang. Außer dem Rascheln des Laubes unter unseren Schritten und Vogelgekreisch war nichts zu hören.

Auf seinem melancholischen Spaziergang beginnt das Paar, sich über absurde Dinge zu unterhalten, wie es häufig geschieht, wenn eine Beziehung sonderbarerweise nicht mehr funktioniert.

Er erzählt ihr von einem dauernd wiederkehrenden Alptraum, in dem ein Automat sein Wechselgeld zurückbehält.

Mitten in dieser belanglosen Unterhaltung lässt Murakami die charakteristische Magie der alten japanischen Erzählungen in die Geschichte einfließen, und das macht die Größe des Autors aus. Er schafft es, alltäglichen Kleinigkeiten eine einzigartige Note zu geben.

Zwei Vögel erhoben sich flatternd vom Boden und verschwanden, als würden sie vom leeren Himmel aufgesogen. Wir sahen ihnen eine Zeitlang schweigend nach. Dann ritzte sie mit einem dürren Zweig ein paar sonderbare Figuren in den Boden.

»Wenn ich mit dir schlafe, werde ich manchmal ganz traurig.«

Der Satz ging mir sehr nah, weil er mich an etwas erinnerte, was ich mit Gabriela oft erlebt hatte: das Gefühl, dass sie sich ohne erkennbaren Grund von mir entfernte. Häufig geschah das, nachdem wir miteinander geschlafen hatten. Alles war einwandfrei gelaufen, aber nach dem Orgasmus lag sie da und starrte an die Decke.

Wenn ich sie fragte, woran sie denke, antwortete sie: »An nichts.« Und wahrscheinlich stimmte das auch.

Nachdem ich über diese Parallele nachgedacht hatte, vertiefte ich mich wieder in den Roman.

Am Tag von Yukio Mishimas Tod war auch zwischen den beiden etwas gestorben, ohne dass sie verstanden, was passiert war.

DAS LETZTE ERDBEBEN IN TOKIO

Die Ankunft am Flughafen von Doha überraschte mich auf unangenehme Weise. Nachdem ich höchstens zwanzig Minuten am Stück geschlafen hatte, trafen mich die frühe Morgenstunde und die über 40 Grad heiße Luft wie ein Faustschlag.

Der Flughafen war ein großer, moderner Verkehrsknotenpunkt mit Hunderten von Verbindungen und befand sich leider noch im Bau, weshalb wir uns in einen Flughafenbus zwängen und eine endlose Strecke vom Rollfeld bis zum Terminal für die Abflüge nach Fernost zurücklegen mussten.

Dort mischte ich mich unter ein buntes Volk aus Managern, Fashion Victims und Reisenden in Dschellabas, um abermals die Passagierkontrolle zu durchlaufen. Dann machte ich mich auf die Suche nach dem Gate für meinen Flug nach Tokio Narita, der aber erst ein paar Stunden später gehen sollte.

Als ich mich kurz hinsetzte, sackte mir vor Müdigkeit der Kopf auf die Brust, und ich konnte es kaum erwarten, wieder im Flieger zu sitzen, ganz gleich, wie beengt, und die Augen zu schließen.

An der Bar des Terminals wollte ich mir etwas zu trinken kaufen, aber dort hatte sich schon eine kilometerlange Schlange vor einem einzigen Barmann gebildet, der alle Hände voll damit zu tun hatte, Cappuccinos zuzubereiten. In den Luxusläden hingegen gab es zwei Verkäufer pro Kunde.

Zum Bücherlesen war ich zu gerädert, deshalb nutzte ich das kostenlose WLAN des Flughafens, um auf meinem Smartphone die Nachrichten aus aller Welt zu lesen. Ich erfuhr, dass eine russische Bank zahlungsunfähigen Kunden zum Selbstmord riet. Eines der Vorstandsmitglieder rechtfertigte sich damit, die Broschüre sei »bloß ein Scherz zur Abschreckung von Kunden, die sich, nachdem sie ihren Kredit nicht bezahlt haben, nicht mit der Bank in Verbindung setzen wollen«. Ich schaltete mein Smartphone aus.

Als ich gerade dabei war, die Lektüre von Murakamis Roman wiederaufzunehmen, sprach mich ein Reisender an, der neben mir saß. Mit seiner braungebrannten Haut und seinem blondierten Haar sah er aus wie der typische – nach seinem Akzent zu schließen, englische – Aussteiger reiferen Alters.

»Geschäft oder Vergnügen?«

Ich war drauf und dran, »weder noch« zu antworten, aber dafür hätte ich viel zu viel erklären müssen, also schob ich Titus' Auftrag vor.

»Recherche. Ich schreibe gemeinsam mit einem Freund ein Buch über Wabi-Sabi und muss ein paar Gespräche führen, um an zusätzliches Material zu kommen.«

»*Wasabi* …«, sagte er überrascht. »Ja, klar, das braucht man als Zutat für die Sojasoße, in die man Sushi tunkt. Aber dass man darüber ein ganzes Buch schreiben könnte, hätte ich nie gedacht.«

»Bestimmt gibt es auch irgendein Buch über japanischen Meerrettich«, entgegnete ich. »Aber Wabi-Sabi ist etwas anderes.«

Der Engländer fragte nicht weiter nach, womit das Thema erledigt war. Nach zwei sehr einsamen Wochen hatte ich aber plötzlich Lust zu plaudern und stellte ihm meinerseits eine Frage.

»Und Sie? Warum fliegen Sie nach Japan?«

»Ich arbeite in Tokio an einer Sprachakademie. Du kannst dir nicht vorstellen, wie schwierig es ist, in diesem Kulturkreis Englisch zu unterrichten. Die Leute sind fast so schwer von Begriff wie in deinem Land.«

Es kränkte mich, dass er von meiner schlechten Aussprache auf meine Herkunft geschlossen hatte. Immerhin war ich Germanist. Trotzdem fragte ich weiter.

»Und wie ist das Leben so in Japan?«

»Für einen *Gaijin** ziemlich locker. Die Schüler respektieren uns, und die japanischen Frauen sind von uns fasziniert, was das Leben sehr angenehm macht, solange man sich nicht an der Umweltverschmutzung und den Verstrahlungen durch Fukushima stört.«

»Verstehe ...« Besorgt dachte ich an die Nuklearkatastrophe. »Wie gehen die Japaner mit der Sache um?«

»Ganz gut. Immerhin haben sie es geschafft, die Olympischen Spiele ins Land zu holen. Seit die Japaner den Krieg verloren haben, kommen sie ziemlich gut mit Katastrophen zurecht. Ich selbst habe mal ein Erdbeben der Stärke 7 miterlebt, da war ich noch gar nicht lange dort. Es hat mich im zwanzigsten Stock eines Bürogebäudes erwischt, als ich gerade eine Gruppe japanischer Führungskräfte unterrichtete. Ich dachte wirklich, das ist das Ende.«

Ich fand, der Mann war ein guter Geschichtenerzähler. Bestimmt mochten ihn seine Schüler.

»Der Wolkenkratzer schwankte hin und her wie ein Metronom«, fuhr er fort. »Obwohl ich mich nicht von der Stelle gerührt habe, sah ich durchs Fenster wechselnde Teile von Tokio und wartete die ganze Zeit darauf, dass das Hochhaus auseinanderbricht und wir alle draufgehen.«

»Und was ist passiert?«, fragte ich beeindruckt.

* japanisches Wort für Ausländer

»Das Hochhaus ist stehengeblieben. Die Häuser werden flexibel und mit sehr tiefen Fundamenten gebaut. Man ist vorbereitet«, sagte der Mann und schien stolz auf seine Wahlheimat. »Allerdings fuhr ein paar Tage lang kein einziges Verkehrsmittel. Die Leute liefen zwanzig Kilometer zu Fuß zur Arbeit. Oder schliefen im Büro, weil sie nicht riskieren wollten, Arbeitsstunden zu verlieren.«

»Bewundernswert.«

»Allerdings! Aber du kommst bestimmt nicht drauf, was für ein Problem als Nebeneffekt auftrat.«

Ich schwieg, und der Engländer fixierte mich mit dem Blick eines alten Wolfs, bevor er weitererzählte:

»Innerhalb weniger Stunden war in der ganzen Stadt das Klopapier ausverkauft. In keinem einzigen Geschäft von Tokio war welches aufzutreiben.«

»Und warum?«

»Nicht, dass die Leute die Hosen voll gehabt hätten …« Er grinste über seinen billigen Witz. »Der Grund ist erstaunlicher. Alle erinnerten sich noch daran, was beim letzten Erdbeben passiert war, weil sie es selbst miterlebt hatten oder weil man ihnen davon erzählt hatte. Damals hatte es lange Zeit Versorgungsprobleme gegeben, und in den Geschäften war das Toilettenpapier ausgegangen. Dieses Trauma war so tief im kollektiven Gedächtnis verankert, dass diesmal alle Leute losrannten und Klopapier hamsterten, obwohl sie mehr als genug davon hatten. Deshalb war es sofort überall ausverkauft.«

WARTEN AUF DEN FUJIYAMA

Nachdem ich die Passkontrolle hinter mir hatte, irrte ich ein paar Minuten durch den Flughafen, bis mir jemand zeigte, wo es zum unterirdischen Bahnsteig ging, an dem der Narita Express abfuhr. Mir drängte sich die Erkenntnis auf, dass in der japanischen Bevölkerung ebenso wenig Englisch gesprochen wird wie bei uns Japanisch.

In einem Büro, in dem steriles Schweigen herrschte, löste ich den Gutschein für meinen Rail Pass ein. Danach begab ich mich zu dem Zug in Richtung Kyoto. Auf der Fahrt würde ich einmal umsteigen müssen, und es würde keinen Halt in der heutigen japanischen Hauptstadt geben.

An meinem Fensterplatz holte ich eines der Wabi-Sabi-Bücher aus dem Gepäck, die Titus mir mitgegeben hatte.

Die Ästhetik des Wabi-Sabi trägt stark melancholische und herbstliche Züge. Verwendet werden nur organische Materialien, die mit dem Gebrauch altern und gleichsam ein Eigenleben führen. Holz, Hanf, rostiges Metall, grobe Stoffe, Keramik. Man legt keinen Wert darauf, dass die Gegenstände eine blanke, saubere und gleichmäßige Oberfläche haben, sondern schätzt vielmehr das Unebene, Unvollkommene und Rauhe.

Die Tatsache, dass diese Dinge nicht von Dauer sind, dass sie zu Vergänglichkeit oder Veränderung verdammt sind, verleiht ihnen eine melancholische Anziehungskraft.

Umgeben von den geraden Linien des Zugwaggons, kostete es mich Mühe, mir die Schönheit einer unvollkommenen Welt vorzustellen. Doch durchs Fenster entdeckte ich dann, dass man auch in der modernen Welt Wabi-Sabi antrifft, wenn auch in nicht ganz so poetischer Form.

Die Gegend zwischen dem Flughafen Narita und dem riesigen Stadtgebiet von Tokio – 35 Millionen Einwohner – besteht aus sich nahtlos aneinanderreihenden, seelenlosen Vierteln, deren Bauten architektonisch keinerlei Bezug zueinander haben. Die meisten von ihnen jedoch sind senkrechte Kästen mit aufragenden Antennen, die eigenartigen Metallinsekten gleichen.

Jenseits dieses ausgedehnten Häusermeeres erahnt man, vor den Bergen im Hintergrund, ländliche Regionen.

Ich hatte mal gelesen, dass in Japan die Städte abrupt in menschenleeres Land übergehen. Die Japaner sind ein Herdenvolk und lieben es, dicht beieinander zu leben. Nur sehr wenige Menschen reizt die Vorstellung, mitten in der Natur in einem allein stehenden Haus zu wohnen. Vermutlich finden die meisten das sehr beunruhigend.

Deshalb beginnt jenseits des Gürtels aus Städten, den der Shinkansen durchquert, ein Japan der Landwirtschaft und der naturbelassenen Regionen, in denen man vergisst, dass man sich in einem Land mit 130 Millionen Einwohnern befindet.

Nachdem ich umgestiegen war, wartete ich auf den Fuji mit seiner Haube aus ewigem Schnee. Dem Reiseführer zufolge würden wir auf dem Weg in die alte Stadt Kyoto dicht an ihm vorbeifahren. Der Berg hatte sich mir durch eine Zeichentrickserie aus Kindertagen eingeprägt, und ich hoffte, ihn zu sehen, bevor die Abenddämmerung die Sicht verschleierte.

Um Viertel nach neun sollte der Zug am Ziel sein.

Obwohl ich im Flugzeug kaum geschlafen hatte, war ich

auf der Bahnfahrt zu aufgedreht, um ein Nickerchen zu machen. Meine Aufmerksamkeit wanderte zwischen der Landschaft vor dem Fenster, Titus' Buch und den Mitreisenden hin und her.

Praktisch alle tippten auf ihren Smartphones herum oder schauten sich auf ihren Tablets Filme an. Die Männer waren akkurat gekleidet, und die Frauen sahen alle aus, als kämen sie gerade vom Friseur. Mein erster Eindruck vom japanischen Volk war der äußerster Gepflegtheit und Diskretion.

Obwohl ich der einzige Ausländer – beziehungsweise Gaijin – im ganzen Waggon war, spürte ich in keinem Moment die Blicke der Mitreisenden auf mir. Alle schienen so sehr in ihre Angelegenheiten vertieft, als existierte die Welt um sie herum gar nicht.

Goldenes Nachmittagslicht warf einen Hauch von Wehmut auf Gebäudegruppen und vereinzelte Häuser, die in immer größeren Abständen zwischen den Feldern und Hügeln auftauchten, in einer Landschaft, die das Nahen des mythischen Bergs ankündigte.

In einem Moment der Schwäche wünschte ich mir plötzlich, Gabriela säße neben mir und wir könnten gemeinsam diese Landstriche betrachten, die ich vielleicht nie wiedersehen würde, könnten die Schönheit der Dinge teilen, die sich nicht halten lassen und verschwinden. Genau wie sie.

Plötzlich ließen die Mitreisenden ihre Bildschirme sinken und traten ans Fenster. Fotoapparate und Handys wurden gezückt, um die sehnlich erwartete Erscheinung einzufangen.

Eine Träne lief mir über die Wange, als ich den ewigen Fujiyama sah. Er verströmte die Gelassenheit eines Giganten, der schweigend alles sieht und alles versteht.

KYOTO

Meine Ankunft in Kyoto hatte ich mir ganz anders vorgestellt. Die im Lonely Planet erwähnten 1600 Tempel schienen weit entfernt von jenem Bahnhof mit seinen prachtvollen Metallkonstruktionen. Das hohe Dach war eine glitzernde Welle. Darunter schwebten Einkaufspassagen, die man über endlose Rolltreppen erreichte.

Verwirrt von den Ausmaßen der Bahnhofshalle, in der es zu dieser abendlichen Stunde von Menschen wimmelte, brauchte ich einige Minuten, bis ich hinausgefunden hatte. Gegenüber der Taxihaltestelle ragte eine retro-moderne Fernsehantenne in die Höhe, die eher an den Alexanderplatz in Ostberlin erinnerte als an die Stadt der alten japanischen Traditionen.

Ich zeigte dem Taxifahrer meine Reservierung im Ryokan, das übersetzt »Zu den Blauen Fröschen« hieß. Der Mann nickte höflich und startete den Wagen äußerst behutsam. Außen wie innen strahlte das Taxi vor Sauberkeit, die Sitze und sogar das Lenkrad waren mit blütenweißem Stoff überzogen.

Im Stadtzentrum säumten zu meiner Enttäuschung moderne Gebäude die Straßen, ähnlich jenen, die ich vom Zug aus gesehen hatte, Zweckbauten mit höchstens zehn, elf Etagen. Wären nicht die Leuchtreklamen mit ihren Kanji-Zeichen gewesen, hätte man sich ohne weiteres in einer nordamerikanischen Provinzstadt wähnen können.

Tatsächlich hat die alte Kaiserstadt weniger Einwohner als Barcelona.

In den Straßen fielen mir einige exzentrisch aussehende Jugendliche auf und das geschmacklose Design der Spielhöllen mit ihrer ohrenbetäubenden Technomusik und den aufzuckenden Lichtblitzen.

Von Zen war an jenem Mittwochabend in Kyoto nichts zu spüren.

Das Taxi verließ die große Allee und bog in eine schmale Gasse ein, in der eine andere Stadt begann.

Hier beleuchteten, als hätten wir einen Zeitsprung von fünf Jahrhunderten in die Vergangenheit gemacht, an zweistöckigen Häusern angebrachte Laternen das Straßenpflaster. Paare flanierten umher, manche von ihnen in traditioneller Kleidung, die Frauen in zarten Kimonos und einer Art Holzschuhe, die Männer mit Samuraizöpfen und in Seidengewändern, die von einem Gürtel zusammengehalten wurden.

Vor uns hielt eine Luxuslimousine und versperrte die Durchfahrt. Aus dem Wagen stieg eine Geisha und verschwand in Sekundenschnelle in einem Teehaus. Mit offenem Mund saß ich da und fragte mich, ob ich soeben eine Halluzination gehabt hatte.

Das Taxi fuhr weiter, nur um kurz darauf vor dem Ryokan zu halten.

Das Hotel hatte höchstens sieben oder acht Zimmer, verteilt auf die zwei Stockwerke eines Holzhauses mit Bambusjalousien. Auf einem hölzernen Schild stand der Name des Hotels in japanischer Schrift – dass wir unser Ziel erreicht hatten, erkannte ich an den aufgemalten blauen Fröschen.

Ich bezahlte dem stummen Taxifahrer 3000 Yen – etwas über 20 Euro –, und er öffnete mir mittels eines neben dem Lenkrad sitzenden Mechanismus die Wagentür.

Am Eingang des Ryokan spähte hinter einer Jalousie eine höchstens anderthalb Meter große Frau zu uns herüber. Als sie mich auf das Hotel zukommen sah, trat sie von der Tür zurück und stellte sich neben eine als Empfangstheke fungierende hölzerne Kommode.

»*Konbanwa* …«, sagte sie und verneigte sich tief.

Ich nahm an, das bedeutete »Guten Abend«.

Ich zeigte ihr meinen Pass und den Nachweis meiner Reservierung. Während sie langsam und bedächtig meinen Namen in ein Buch mit stoffbezogenem Einband eintrug, fragte ich sie, ob es möglich sei, etwas zu Abend zu essen.

Ihrem erschrockenen Gesichtsausdruck entnahm ich, dass sie kein Wort Englisch verstand.

Sie führte mich auf mein Zimmer, das im ersten Stock hinter einer Schiebetür lag. Es war ziemlich spartanisch eingerichtet: auf dem Boden ein Futon, daneben ein entsprechend niedriger Nachttisch. Ein Schrank und ein kleines Badezimmer rundeten die Ausstattung ab.

180 Euro pro Nacht für so wenig Komfort schienen mir eine Unsumme zu sein, aber vermutlich war auch die Lage des Hotels in der Altstadt von Kyoto im Preis durchaus mit inbegriffen.

Es war halb elf, und ich hatte seit meiner Landung in Narita am Nachmittag noch nichts gegessen. Nach einer kurzen lauwarmen Dusche zog ich mich um und machte mich auf, um irgendwo in dieser märchenhaften Gasse einen Happen zu mir zu nehmen.

Der ferne Klang einer Art Laute, von weiblichem Gesang begleitet, erinnerte mich an die Geisha, die ich aus dem Auto hatte aussteigen sehen. Noch war der Eindruck, der nur einige Augenblicke gewährt hatte, lebhaft, und ich fragte mich, ob ich vielleicht eine zweite sehen würde oder einfach nur Glück gehabt hatte.

Zum ersten Mal seit meiner Misere ertappte ich mich dabei, dass ich mir etwas wünschte. Und das war eine gute Nachricht.

ERZÄHL DIESE GESCHICHTE NICHT DEM HIMMEL

Die japanischen Paare, die ich vom Taxi aus erblickt hatte, waren aus der Gasse verschwunden. Man sah nur noch geschlossene Läden, einige Ryokans und hier und dort eine leuchtende, hoffnungsvoll stimmende Laterne.

Bei meinem Gang durch diese kleine Welt aus niedrigen Häusern nahm ich in den Erdgeschossen verschwommene menschliche Silhouetten wahr. Schatten in geschmeidiger Bewegung zeichneten sich hinter Jalousien oder Paravents ab. Vielleicht, dachte ich, gehörte einer davon der Geisha, die jetzt in einem privaten Teehaus ihre Künste darbot.

Doch der Gesang und die Lautenmusik, die ich noch vor wenigen Minuten gehört hatte, waren verstummt.

Ich fürchtete schon, mit leerem Magen zu meinem Futon zurückkehren zu müssen, da entdeckte ich unterhalb einer Laterne, auf einem gelblich angestrahlten Metallschild, ein in lateinischen Buchstaben geschriebenes Wort von unzweifelhafter Bedeutung: BAR.

Ich stieß eine schwarze Tür auf.

Dahinter erwartete mich ein nicht mal zehn Quadratmeter großer Raum. Das winzige Lokal bestand aus einer L-förmigen Theke, die, wenn es hier richtig voll war, gerade mal vier Gästen genügend Platz bot.

Hinter der Bar verneigte sich eine dürre Frau von über sechzig und lud mich mit ausgestrecktem Arm ein, auf einem der Hocker Platz zu nehmen. Am anderen Ende der Theke stierte ein älterer Herr auf eine fast leere Flasche Sake.

Als wollte sie ihn aus seiner Erstarrung holen, füllte die Wirtin seinen Keramikbecher mit dem Rest des Reisweins. Der Mann nickte zustimmend. Es fiel mir schwer, sein Alter zu schätzen, was vielleicht an seinem nachlässigen Äußeren lag. Er trug einen Anzug mit Krawatte, aber sein graues Haar war zerzaust und seine Brille verkratzt.

Für den Bruchteil einer Sekunde musterten mich seine kurzsichtigen Augen so, als verstünde er nicht ganz, was ich hier tat, dann wandte er sich wieder seinem Sake zu.

In einem alten, etwa zwanzig Zoll großen Fernseher, der in einer Ecke unter der Decke hing, liefen Videoclips: mit schriller Stimme gesungene Lieder, begleitet von Bildern, die wie Parodien wirkten.

Mit einer zweiten Verbeugung wurde mir die Karte überreicht.

Zu meiner Erleichterung stand unter jedem Getränk – hauptsächlich Sake verschiedener Sorten, Bier und Cocktails – die englische Übersetzung. Zu essen gab es allerdings nichts außer Trockenfrüchten, die in Schälchen für die konsumierenden Gäste bereitstanden.

Einen Schwips auf leeren Magen riskierend, bestellte ich ein Asahi Bier zum absurden Preis von 900 Yen, fast sieben Euro. Gerade goss mir die Wirtin das kalte Getränk in ein hohes Glas, als der Mann mit der zerkratzten Brille zu singen begann.

Staunend beobachtete ich, wie er mit einem kabellosen Mikrophon in der Hand einen Text nachsang, der über den Fernsehschirm lief, auf dem tanzende, als Pilze verkleidete Kinder zu sehen waren.

Die Wirtin stellte die Musik lauter, damit der Mann nach Herzenslust zu der abgehackten, an russische Volksweisen erinnernden Melodie singen konnte. Sie wiederholte sich immer wieder und klang sehr kitschig, besonders aus dem Mund dieses Geschäftsmannes, der aussah, als wäre er soeben einer Rauferei mit Katzen entronnen.

dokonoko no kinoko kono kinoko dokono
dokonoko no kinoko morino kinoko
morino kinoko wa rappa ni natte
onpu ga kumo made tondetta

puppuru pappa purupappa
puppuru pappa purupappa
*sora niwa naisho no hanashi dayo**

Einige Töne waren zu hoch für diesen sonderbaren, schamlos falsch singenden Menschen. Der Wirtin hingegen, die mit verschränkten Armen in ihrem breitärmeligen Kimono dastand, schien die Show für zwei Zuschauer – sie selbst eingerechnet – zu gefallen.

Entsetzt begriff ich, dass ich versehentlich in eine einsame Karaokeveranstaltung geraten war.

Nach einem lächerlich pompösen Finale im Polkarhythmus setzte sich der grauhaarige Mann würdevoll auf seinen Hocker zurück. Dann versank er wieder in dumpfen Grübeleien.

Um wenigstens eine Kleinigkeit im Magen zu haben, bevor ich mein Bier trank, schob ich mir eine Handvoll Trocken-

* Pilz, woher kommst du?/Schöner Pilz, woher kommen Sie?/Ein Pilz aus dem Wald/Ein Pilz aus dem Wald wurde zur Trompete/Und die Klänge flogen zu den Wolken hinauf/Puppulu Pappa Pulu Pappa …/Erzähl diese Geschichte nicht dem Himmel.

früchte in den Mund. Ich fühlte mich vollkommen fehl am Platz.

Da hörte ich den Mann in einigermaßen verständlichem Englisch sagen:

»Kennen Sie das Lied nicht?«

OKAMURA

In Japan auf jemanden zu stoßen, der Englisch spricht, war so ungewöhnlich, dass ich dem Mann höflich antwortete. Noch ahnte ich nicht, dass dieser einsame Karaokestar zu meinem allabendlichen Schatten werden sollte.

»Nein, ich kenne es nicht«, gestand ich, ohne meinen Eckplatz an der L-förmigen Theke zu verlassen. »Allerdings bin ich gerade erst in Japan angekommen.«

»Ach, deshalb«, antwortete er lächelnd. »Hier gibt es nämlich niemanden, der *Dokonoko no Kinoko* nicht kennt.«

»Hört sich an wie ein Zungenbrecher.«

»Es ist ein Kinderlied, aber dank der Handy-Klingeltöne ist es inzwischen auch bei Erwachsenen sehr beliebt. Viele haben es sich auf ihr Handy geladen, und da man es dauernd überall hört, ist es sogar in den Charts gelandet. Es gibt auch einen Tanz dazu und noch alles Mögliche andere.«

Ich trank mein Bier aus und dankte dem Himmel, dass der Japaner nicht vom Hocker aufstand, um mir den Tanz vorzuführen. Wer weiß, ob ich mir das Lachen hätte verkneifen können.

»Ich war noch nie in einer Karaokebar«, sagte ich, einfach so, um etwas zu sagen, »ich höre lieber klassische Musik.«

»Ich auch«, erwiderte er stirnrunzelnd, als hätte ich ihn gekränkt, »vor allem Tschaikowsky und alle Russen nach ihm, bis Prokofjew. Was später kam, interessiert mich nicht mehr.«

»Wie kommt es dann, dass Sie beschlossen haben, ein modernes Kinderlied zu singen?« Dass der Karaokesänger die großen russischen Komponisten liebte, beeindruckte mich, deshalb konnte ich mir diese Frage nicht verkneifen.

»Das mache ich als Therapie.« Er lächelte schüchtern und öffnete eine neue Flasche Sake. »Gegen Depressionen, wissen Sie? Vor nicht ganz einem Jahr ist meine Frau gestorben, und der Arzt sagt, ich bräuchte Zerstreuung. Also gehe ich nach der Arbeit hierher, und wenn ich Lust habe, singe ich irgendein Lied. Dem Kopf tut es gut, die Angst vor der Lächerlichkeit abzuschütteln. Ich kann es Ihnen nur wärmstens empfehlen.«

»Selbst wenn ich es wollte, ich könnte es nicht«, sagte ich, aus Angst, er werde die Wirtin jetzt um irgendein Lied für mich bitten. »Meine Japanischkenntnisse sind gleich null, ich kenne nur ein, zwei Wörter.«

»Meine Nichte wird Ihnen die Texte übersetzen, dann können Sie sie lesen. Die Melodien sind einfach und leicht zu merken, wie das mit den Pilzen.«

»Mit den Pilzen?« Mir fiel wieder ein, dass die tanzenden Kinder in dem Karaokevideo als Champignons verkleidet waren. »Ach, dieses Kinderlied mit dem *Kinosoundso …*«

»*Dokonoko no Kinoko*«, sagte er. »Das Lied handelt von den Abenteuern eines Pilzes im Wald. Übrigens, ich heiße Okamura. Entschuldigen Sie bitte, dass ich keine Visitenkarten bei mir habe.«

Er verneigte sich höflich, und ich tat es ihm gleich, ohne von meinem Hocker aufzustehen. Die Wirtin starrte auf mein leeres Glas, in der Hoffnung auf eine zweite Bestellung, aber mich überfiel plötzlich eine lähmende Müdigkeit.

Ich legte 900 Yen auf die Theke. Die Frau trat einen Schritt zurück, sah mich erschrocken an und schüttelte energisch den Kopf. Dann nahm sie einen Kugelschreiber und schrieb in großen Ziffern die Zahl 1400 auf einen Zettel.

Empört griff ich nach der Getränkekarte und zeigte auf den Preis, der neben dem Bier stand. Daraufhin gesellte sich zu dem Kopfschütteln noch eine erregte Handbewegung, die ich nicht verstand, bis sich Okamura einmischte.

»Sie hat zur ersten Bestellung einen festen Betrag hinzugerechnet. Das machen alle kleinen Bars, die abends öffnen.«

Missmutig zog ich einen 500-Yen-Schein mit der Abbildung des Fujiyama aus der Brieftasche und legte ihn auf die Theke. Über zehn Euro für ein Bier, ich fand, das war ein irrsinniger Preis für eine lausige Bar, in der ein Betrunkener ein Lied über Waldpilze sang.

Okamura bemerkte mein ärgerliches Gesicht.

»Das ist das Erste, was Sie sich merken müssen, wenn Sie hier in Japan ausgehen«, sagte er leise. »Je kleiner die Kneipe, desto höher die Preise.«

Weniger ist mehr, dachte ich. Dieses Motto stand in vielen von Titus' Büchern.

»Das ist auch vollkommen logisch«, fuhr der Japaner fort. »Die Inhaberin dieser Kneipe muss ja an den wenigen Gästen, die in ihr Lokal passen, genauso viel verdienen wie der Besitzer einer größeren Bar. Das Leben ist für alle gleich teuer.«

Plötzlich schämte ich mich, dass ich mich wegen zehn Euro so geärgert hatte. Schließlich würde die Wirtin, die jetzt mein Glas spülte, an diesem Mittwochabend nicht gerade viel Geld in die Kasse bekommen. Wäre ich nicht so todmüde gewesen, hätte ich ein zweites Getränk bestellt.

»Danke, dass Sie mir das sagen, Herr Okamura«, sagte ich und verabschiedete mich.

»Kein Problem. Die meisten Leute gehen in größere Kneipen, weil sie nicht so viel ausgeben wollen, aber da gibt es eben nicht das, was es hier gibt.«

»Sie meinen Karaoke?«

»Nein! Karaoke gibt es überall, aber hier sind wir beide uns begegnet, das ist der Witz. Das nächste Mal komme ich mit meiner Nichte. Sie spricht fließend Englisch und wird sich freuen, Sie kennenzulernen. Übrigens ist sie es, die mir zweimal die Woche Englischunterricht gibt.«

Ich verbeugte mich erneut, bevor ich zur Tür ging, in der irrigen Annahme, dass es kein nächstes Mal geben würde.

»Könnte sein … Wie heißt diese Bar eigentlich?«, fragte ich aus reiner Neugier. »Vielleicht finde ich sie beim nächsten Mal nicht so leicht wieder.«

»Sie hat noch keinen Namen. Die Wirtin hat sie erst vor einer Woche übernommen, und der alte Name gefällt ihr nicht. Hätten Sie irgendeine Idee?«

Ich zuckte mit den Schultern und trat hinaus in die Stille der Nacht. Der Mond spiegelte sich im Pflaster der Kyotoer Altstadtgasse und versprach Abenteuer, zu denen die Begegnung in der namenlosen Bar erst das Vorspiel gewesen war.

GIBT ES EINE UNIVERSELLE MELANCHOLIE?

Obwohl ich mich erst nach Mitternacht auf meinen Futon gelegt hatte und die lange Reise mir noch in den Knochen saß, war ich dank des Jetlag bereits um vier Uhr morgens hellwach.

Nach meiner inneren Uhr war es jetzt Mittag, und ich konnte meinen Körper einfach nicht zum Weiterschlafen überreden. Eine Zeitlang wälzte ich mich noch auf der viel zu harten Matratze hin und her, dann gab ich mich geschlagen und stand auf.

Es war Viertel vor fünf, als ich nach einem von Titus' Büchern griff, um es im *Onsen* zu lesen, dem Thermalbad, das zu jedem guten Ryokan gehört und zu einem guten Teil seinen Preis erklärt.

In Bademantel und Hausschuhen ging ich mit einem Handtuch und dem Buch ins Erdgeschoss, wo sich die Badeanlage befand.

Der Raum, den ich betrat, sah aus, als wäre er unmittelbar in den Felsen unter dem Haus gehauen worden. Wie zu erwarten war, hielt sich zu dieser frühen Stunde hier kein Mensch auf. Vor mir lag eine Naturbadewanne, die durch eine Glasscheibe von einem verwilderten Garten getrennt war. Aus der Wand neben dem Eingang ragten zwei Wasserhähne, unter denen Metalleimer standen.

Ich schloss daraus, dass ich mich damit abduschen sollte, bevor ich in das schwefelhaltige Wasser des Onsen stieg. Fest entschlossen, mir die nicht vorhandene Müdigkeit auszutreiben, entkleidete ich mich vollständig und ließ gleichzeitig einen Eimer volllaufen. Dann schüttete ich mir das eiskalte Wasser über den Kopf. Es traf mich wie ein Stromschlag.

Hastig stieg ich mit meinem Buch in der Hand in das Naturbecken. Das Wasser war angenehm warm.

Ich setzte mich auf einen aus dem Wasser ragenden flachen Stein und wandte mich wieder jenem philosophischen Konzept zu, mit dem sich zur gleichen Zeit in über 10 000 Kilometer Entfernung der alte Redakteur beschäftigte.

Als Philologe interessierte mich natürlich erst einmal die Herkunft des Begriffs, also fing ich damit an.

Ich erfuhr, dass *Sabi* sich ursprünglich auf die subtile Schönheit der eher traurigen, düsteren japanischen Poesie des 12. und 13. Jahrhunderts bezogen hatte. Der Autor der Studie schrieb, das Wort erwecke wehmütige Gefühle »wie das eines Spatzen, der auf einem Haufen Herbstblätter nach Nahrung sucht«.

Der zweite Teil des Begriffs, *Wabi*, bedeutete laut dem Buch – das nicht nur einen Verfasser hatte, sondern Texte verschiedener Autoren versammelte – Bescheidenheit und Nüchternheit, die edle Armut, die aus der Gleichgültigkeit gegenüber Reichtum und Zurschaustellung erwächst.

Fasziniert von diesem raffinierten Gefühl, blätterte ich weiter, auf der Suche nach ausführlicheren Erklärungen zu beiden Begriffen. Kamo no Chomei, ein Einsiedlermönch, der um die Wende vom 12. zum 13. Jahrhundert gelebt hatte, behauptete etwa:

> *Wabi ist das, was wir beim Anblick des herbstlichen Abendhimmels empfinden, die Melancholie der Farben, wenn alle Geräusche verstummt sind. Es entsteht in Augenblicken, in denen einem unwillkürlich und aus Gründen, die sich mit dem Verstand nicht erklären lassen, die Tränen kommen.*

Zum x-ten Mal musste ich an das in Titus' Wohnung hängende Bild von Caspar David Friedrich denken. Alles an jener Landschaft war Melancholie.

Ich fragte mich, ob aus diesem Gefühl heraus die Haikus entstanden und ob es die japanischen Künstler zu ihren Aquarellen inspirierte. Vielleicht hatten die Japaner ihre ganz eigene Art, die Schönheit dessen zu empfinden, was sich nicht halten lässt.

Gibt es eine universelle Melancholie?

Im Schwefelwasser sitzend, fand ich zu meinem eigentlichen Wesen zurück, dem eines romantischen Mannes, der mit derartigen Fragen der Einsamkeit entflieht. Ein Zeitvertreib wie jeder andere.

Eine zweite Definition des *Wabi* stammte von einem zeitgenössischen Autor, Makoto Ueda, Professor für japanische Literatur in Stanford:

> *Wabi meint die Schönheit als Vergegenwärtigung der schöpferischen Energie, die alle belebten und unbelebten Dinge durchströmt, eine Schönheit, die wie die Natur zugleich dunkel und hell, traurig und fröhlich, hart und geschmeidig ist. Die Schönheit dieser natürlichen Kraft ist nicht vollkommen, sondern stets im Wandel begriffen und für uns Menschen unerreichbar.*

Noch bevor ich mich eingehender mit dem Text befassen konnte, betrat ein für einen Japaner recht großer Mann den Onsen und schüttete sich ohne einen Mucks den Inhalt des Wassereimers über den Kopf. Dann schritt er mit einem Handtuch um den Hals gleich einem wuchtigen Tier zum Wasserbecken.

Er nuschelte etwas wie »*Ohayogozaimasu*«, was wohl »Guten Tag« bedeutete. Es war halb sechs, und die Gäste, die auf ihrer Geschäftsreise im Ryokan abgestiegen waren, begannen, munter zu werden.

Der Mann schnaubte ein paarmal lustvoll, als heilte das warme Wasser tiefe Alltagswunden.

Für einen Japaner ist es nichts Ungewöhnliches, sich im öffentlichen Raum und in Gegenwart anderer so zu verhalten, als wäre er allein. Mir aber war nicht ganz wohl bei dem Gedanken, mit dieser massigen Gestalt in ein und demselben Naturbecken zu sitzen. Einmal mehr kam mir das Büchlein zu Hilfe. Besagter Professor Ueda verband in seiner Erklärung die beiden Wörter Wabi und Sabi miteinander:

Ursprünglich bedeutete Wabi die »Traurigkeit der Armut«. Nach und nach aber wandelte es sich zu einem Begriff für eine bestimmte Lebenshaltung, mit der man versucht, sich den schwierigen Bedingungen des Lebens zu fügen, und lernt, auch unter diesen Bedingungen Frieden und innere Gelassenheit zu finden. Sabi, im Wesentlichen ein ästhetisches Konzept, steht in enger Verbindung mit Wabi, einem philosophischen Begriff.

Über diese irritierende Verknüpfung, die ich noch lange nicht begriffen hatte, konnte ich nicht einfach hinweggehen. Das verhinderte mein akademischer Verstand, der Seminare in Ästhetik und Ideengeschichte genossen hatte.

Ich verließ das kleine Thermalbad erst, als ich mein ganzes Wesen brodeln spürte. Ein Eimer eiskaltes Wasser rundete meine neue Morgenpflege ab.

Mein erster Tag in Kyoto, was auch immer er mir bescheren sollte, konnte beginnen.

GUTE ZEITEN MIT ALTEN HUNDEN

Das Frühstück im Ryokan bestand aus Reis und Fisch und wurde an derartig niedrigen Tischen serviert, dass man Yoga-Experte sein musste, um bequem daran zu sitzen. Wäre nicht schon mein Abendessen ausgefallen, hätte ich mich mit diesem frühmorgendlichen Menü ziemlich schwergetan.

Mit leichten Rückenschmerzen stand ich vom Frühstückstisch auf. Bevor ich mich aufmachte, um Kyoto bei Tag zu erkunden, ging ich noch kurz in die Bibliothek des Ryokan. Ich wollte im Lonely Planet die Adresse dieses ominösen »Ateliers« heraussuchen, obwohl ich bezweifelte, dass es mich zu dem geheimnisvollen Absender führen würde, der mich nach Japan gelockt hatte. Der hatte wohl eher eine seiner Postkarten in diesem »Atelier« gekauft, und das würde mich wiederum kein bisschen weiterbringen.

Außerdem: Was sollte eine serienmäßig produzierte Porzellankatze mit der organischen Wabi-Sabi-Philosophie zu tun haben?

Nichts, lautete die Antwort.

Mein Rücken machte es sich in einem Stoffsessel westlichen Stils bequem. Gleich daneben stand auf der einen Seite ein Zeitschriftenständer mit japanischen Publikationen, auf der anderen Seite drei Regale voller Bücher in den verschiedensten Sprachen und zu allen möglichen Themen.

Ich vermutete, dass Hotelgäste sie hier zurückgelassen

hatten, weil sie ihre ausgelesenen Bücher nicht hatten mitschleppen wollen. Es war nur ein einziges Buch auf Englisch dabei, und das hatte einen so merkwürdigen Titel, dass ich es aus dem Regal nehmen musste.

GUTE ZEITEN MIT ALTEN HUNDEN

Auf dem Einband prangten zwei ergraute Hunde mit träger Geduldsmiene. Fast konnte ich ihr heiseres Bellen hören, mit dem sie ohne großen Erfolg versuchten, irgendeinen Nachbarn, der an ihrem Haus vorbeilief, einzuschüchtern.

Im Klappentext fand ich Informationen zum Inhalt. Es handelte von den Wohltaten des Zusammenlebens mit einem gealterten Hund, mit dem man ein ganzes Leben verbracht hat. Das Tier habe nun weniger Energie und verlange mehr Pflege, hieß es, gleiche dies aber durch größeres Verständnis für die wechselhafte Gemütsverfassung seines Herrchens aus.

Alles sehr wabi-sabi.

Wenn der Hundebesitzer ebenfalls ein Veteran ist, dachte ich, kommt es zu jenem mysteriösen Phänomen der Verschmelzung von Herrchen und Hund, das so weit gehen kann, dass sich beide schließlich einander angleichen, nicht nur in der Gangart, sondern sogar im Gesichtsausdruck.

Ich stellte das Buch zurück und dachte, dass ich es im Alter bestimmt schlechter haben würde als diese heiseren Hunde. Die hatten wenigstens jemanden, dem sie hinterhertrotten und den sie liebhaben konnten. Ich dagegen war, außer dass ich eine Katze besaß, die ihre eigenen Wege ging und höchstens noch zehn Jahre leben würde, ganz allein auf der Welt.

Dieser beklemmende Gedanke ließ mich zum Handy greifen. Über das Hotel-WLAN loggte ich mich ein.

Sofort erschien im grünen Whatsapp-Feld ein Kreis mit

einer 3 darin, also der Anzahl Personen, die mir geschrieben hatten.

Auf die erste Nachricht antwortete ich umgehend. Sie stammte von meiner Schwester, die mir vorwarf, ich hätte am Tag zuvor vergessen, zu ihr zum Essen zu kommen. Nachdem ich mich mit einem lakonischen »Tut mir leid, dass ich nicht bei dir war, bin gerade in Japan« entschuldigt hatte, öffnete ich die nächste Nachricht.

Anders als erwartet, stammte sie von Daniel Lumbreras. Ich hatte schon ganz vergessen, dass ich ihm in meiner letzten Mail meine Handynummer gegeben hatte, damit er mich über seine nächsten Konzerte informieren konnte.

Seine Nachricht war diesmal kurz und sachlich.

Bin gerade in Gracia,
sollen wir einen Kaffee zusammen trinken?
DANIEL

Ich antwortete ihm, dass ich sehr gern mit ihm einen Kaffee trinken würde, aber zu weit weg sei, um rechtzeitig wieder in Gracia zu sein. Dann verabschiedete ich mich mit dem Versprechen, mich bei meiner Rückkehr zu melden, und öffnete die dritte und letzte Whatsapp-Nachricht.

Sie war von Gabriela und warf mich für den Rest des Tages aus der Spur.

Lieber Samuel,
habe durch Titus erfahren, dass Du nach Kyoto geflogen bist. Gute Entscheidung. An Deiner Stelle würde ich mich nicht damit aufhalten, den Absender der Postkarten zu suchen. Wenn er will, wird er Dich schon finden.
xxxx
GABRIELA

DIE VERBOTENE ADRESSE

Mein erster Gang durch Kyoto bei Tag führte mich durch die Straßen des traditionellen Stadtviertels Gion, in dem mein Hotel lag. Manche Läden hatten schon geöffnet, und in einigen Antiquariaten und Kleiderboutiquen, kleineren Cafés und Restaurants machte sich Geschäftigkeit bemerkbar.

Auf dem Weg durch die Straßen, die zum Revier der Geishas und *Maikos* – ihrer Lehrmädchen – gehörten, gelangte ich in die enge Pontocho-Gasse, eine parallel zum Fluss Kamo verlaufende Fußgängerstraße. Während ich an Teehäusern und selbst tagsüber mysteriös wirkenden Clubs entlangschlenderte, fragte ich mich, ob das Wabi-Sabi-Atelier wohl in diesem Teil der Stadt lag.

Im Ryokan hatte ich völlig vergessen, mich danach zu erkundigen, vielleicht weil ich noch von der Reise durcheinander war. Aber das Corpus Delicti, die Postkarten, hatte ich dabei.

Ich lehnte mich an einen Baum, der wie ein Pilz aus dem Pflaster wuchs. Auf der Rückseite der Katzenpostkarte schien die blaue Tinte des handgeschriebenen »Wabi-Sabi« eigenartig zu schimmern.

Erneut las ich das kleingedruckte »Atelier«, auf das einige japanische Kanjis und die Zahl 27 folgten.

»Das muss einfach die Adresse der Werkstatt sein«, dachte ich und schaute mir auch die Karte mit dem Tempel des Goldenen Pavillons noch einmal genauer an. Außer dem Foto wies nur der Poststempel auf die Herkunft der Karte hin: ein Viertelkreis mit den gleichen Kanjis wie auf der anderen Karte und einer vierstelligen Zahl: 4032.

Das bedeutete möglicherweise, dass beide Karten im selben Stadtviertel aufgegeben worden waren.

Die Briefmarken hätten jedoch, obwohl sie den gleichen Stempel trugen, nicht unterschiedlicher und merkwürdiger sein können. Auf der ersten war ein von einer leuchtenden Aureole umgebener Akita – die Hunderasse kannte ich durch den Film mit Richard Gere – mit Ringelschwanz abgebildet. Auf der zweiten standen vier Frauen mit lilafarbenen Gewändern vor einem alten Teleskop. Eine von ihnen blickte durch das Visier, während zwei ihr interessiert dabei zuschauten. Die vierte richtete den Blick direkt in den Himmel, als traute sie ihren Augen mehr als dem Gerät.

Auf beiden Briefmarken stand in der linken unteren Ecke NIPPON 820. Ich nahm an, das war das Porto: etwas über sechs Euro.

Während ich noch überlegte, ob sechs Euro für eine Überseesendung viel oder wenig waren, blieb eine Frau um die sechzig in vornehmem Kostüm auf meiner Höhe stehen. Sie verneigte sich leicht und streckte die Hände nach der Postkarte aus, die ich mir gerade ansah und auf der die Adresse der Werkstatt stand.

Offenbar wollte sie mir helfen, ich reichte ihr also dankbar und ebenfalls mit einer Verbeugung die Karte. Ihre von starken Brillengläsern vergrößerten Augen weiteten sich erstaunt, als sie die Inschrift las.

Im nächsten Moment gab sie mir die Postkarte zurück, so hastig, als hätte sie in der Adresse den fleischgewordenen Teufel erkannt, und eilte nach einer letzten Verbeugung die Straße hinunter.

Verdutzt stand ich da und fragte mich, was diese Karte wohl an sich hatte, dass sie die Frau derartig verwirrt und sogar in die Flucht geschlagen hatte. Neugierig hielt ich in der Menschenmenge, die am frühen Morgen durch die Pontocho-Gasse lief, nach jemandem Ausschau, der mir des Englischen mächtig schien.

Meine Wahl fiel auf einen langhaarigen Jungen, der einen mit Fotos von den Sex Pistols beklebten Ordner unter dem Arm trug.

Ich sprach ihn in der Sprache von Sid Vicious und Johnny Rotten an:

»Entschuldigen Sie bitte, könnten Sie mir sagen, in welchem Stadtteil diese Adresse liegt?«

Der Junge nahm die Postkarte entgegen, schien mich also verstanden zu haben, gab sie mir aber nach wenigen Sekunden mit nervösem Grinsen zurück.

»Was ist damit?«, fragte ich immer verdatterter.

»Tut mir leid, kann ich nicht sagen«, antwortete er schulterzuckend und zog mit seinem Ordner davon.

NICHTS EXISTIERT SCHON IMMER UND FÜR IMMER

Diese merkwürdige Reaktion der zwei Befragten mochte daran liegen, dass Japaner einem Ausländer nur mit größter Vorsicht den Weg erklärten, dachte ich mir. Kannten sie die genannte Adresse nicht, gingen sie lieber nicht das Risiko ein, den Fremden in die Irre zu schicken. Das »Atelier«, das ich suchte, lag vielleicht in einer kaum bekannten Gasse Kyotos oder sogar irgendwo am Stadtrand, und in ihrer japanischen Korrektheit hatten die Befragten sich lieber verdrückt, als einem Fremden einen schlechten Dienst zu erwiesen.

Das war die plausibelste Erklärung, die mir einfiel. Aber als ich Pontocho verließ und ein Taxi anhielt, erreichte die ganze Sache eine dritte Stufe des Absonderlichen.

Ich zeigte dem Chauffeur die Adresse, der streckte den Kopf aus dem Fenster, nahm die Karte entgegen und setzte sich eine Brille auf, um das Kleingedruckte zu lesen. Zwei Sekunden später hielt ich die Postkarte wieder in der Hand, und der Taxifahrer gab mir gestikulierend zu verstehen, dass er sich weigere, mich mitzunehmen. Noch bevor ich ihn fragen konnte, warum, gab er Gas und ließ mich noch verblüffter als zuvor zurück.

»Die Adresse ist also nicht unbekannt«, dachte ich, während ich mit den Händen in der Tasche zum Ryokan zurückwanderte, »sondern wahrscheinlich ein Ort, den alle kennen und von dem alle wissen, was dort getrieben wird. Bestimmt irgendetwas Schlimmes, wenn die Adresse sogar einen Taxifahrer und einen Typen, der die Sex Pistols hört, zusammenzucken lässt.«

Benommen vor Müdigkeit lief ich weiter und stellte dabei alle möglichen Spekulationen über dieses verbotene Ziel an. War es ein verrufenes Bordell? Ein Onsen, in dem sich berüchtigte Yakuza-Killer trafen? Ein Atommülllager von fragwürdiger Sicherheit?

Das waren lauter extreme, ja absurde Möglichkeiten, die noch weniger als Erklärung dafür taugten, warum man mir diese Postkarten geschickt hatte.

Zu allem Überfluss sah ich, kurz bevor ich durch die Tür des Ryokan trat, eine schwarze Katze über die Straße laufen. Rasch verscheuchte ich den Gedanken, ich sei vom Pech verfolgt, im Ohr den berühmten Satz von Groucho Marx:

»Wenn eine schwarze Katze deinen Weg kreuzt, heißt das nur, dass sie irgendwohin will.« Wie ein Mantra sagte ich ihn mir mehrmals auf.

Als ich an der Rezeption vorbeikam, juckte es mir in den Fingern, der kleinen Frau die Adresse zu zeigen, aber ich hielt mich zurück. Falls nämlich dieses »Atelier« ein verruchter Ort war, würde sie womöglich die Polizei alarmieren, und ich hätte Schwierigkeiten, zu erklären, wie ich in den Besitz der Postkarten gekommen war.

Nein, es war definitiv besser, sie nicht zu fragen. An diesem ersten Mittag in Kyoto wollte ich nur noch schlafen.

In Windeseile zog ich mich aus und ließ mich auf den Futon fallen, der mir schon nicht mehr ganz so hart erschien. Um die schlechte Stimmung loszuwerden, in die die verdammten Karten mich versetzt hatten, nahm ich wieder das erste Buch über Wabi-Sabi zur Hand und las einen weiteren Text, der versuchte, die Kunst des Unvollkommenen, Unvollständigen und Unbeständigen zu erklären:

Alles, was im Universum existiert, ist permanent in Bewegung und in stetem Wandel begriffen. Nichts ist ewig, nichts existiert schon immer und für immer, alles hat einen Anfang und ein Ende. Wabi-Sabi-Kunst vermag die wesentliche und offensichtliche Tatsache der Nichtbeständigkeit zu verkörpern beziehungsweise wachzurufen. Sie regt den Betrachter zu gelassener Kontemplation an, ermöglicht es ihm, die Flüchtigkeit alles Existierenden zu verstehen. Sind wir uns dieser Flüchtigkeit erst einmal bewusst, betrachten wir das Leben aus einer anderen Perspektive.

So vermag uns sogar die Betrachtung einer schlichten Blume in einer alten Bambusvase zu ergreifen, da wir darin ein Spiegelbild der Existenz und des menschlichen Schicksals erahnen.

Dass alles einen Anfang und ein Ende hat, hatte Gabriela mir auf ziemlich schmerzliche Weise ins Bewusstsein gerufen, doch hier und jetzt, in diesem schmucklosen Zimmer, pries ich alles Unbeständige.

»Schau dir ein paar Tempel an, für den Fall, dass jemand dich fragt, wie Kyoto so ist«, riet ich mir, während mir die Augen zufielen, »und dann nimm den nächsten Flieger zurück nach Hause. Es war ein Fehler hierherzukommen, aber zu bleiben, wäre ein noch größerer.«

GOTT ALLEIN KENNT DIE ANTWORT

Als ich die Augen wieder aufschlug, war es schon nach neun Uhr abends. Ich befühlte meine Stirn, um zu sehen, ob ich Fieber hatte. Ich war es einfach nicht gewohnt, über sechs Stunden Mittagsschlaf zu halten. Aber meine Stirn war kalt, zu kalt sogar.

Beim Aufstehen knirschten meine Knochen, als hätte ich auf der Streckbank geschlafen. Nackt stand ich in dem kahlen Zimmer und fragte mich, ob ich in den Onsen hinuntergehen oder einfach nur duschen sollte. Ich entschied mich für Letzteres, damit ich im Thermalbad nicht noch schlapper wurde.

Nachdem ich mich kurz mit lauwarmem Wasser abgebraust hatte, zog ich mir ein Paar hellbeiger Chinohosen, mein bestes schwarzes Hemd und meine Schuhe an. Ich sah aus, als hätte ich mich ausgehfein gemacht, dabei war die Situation eine ganz andere.

Als ich mich kämmte, verabschiedete sich eine Handvoll Haare von meinem Kopf, sehr wabi-sabi-mäßig, denn dieser Verlust illustrierte bestens die Nichtbeständigkeit.

Während ich die hölzernen Treppenstufen hinunterstieg, fragte ich mich, ob ich nicht doch krank sei. Obwohl ich nichts gegessen hatte außer Fisch mit Reis zum Frühstück, hatte ich keinen Hunger.

Lag das vielleicht daran, dass ich verlassen worden war?

Würde ich mich nun verzehren und bis auf die Knochen abmagern wie die jungen Leute in den Liebesromanen?

So etwas mit 45 erleben zu müssen, war schon erbärmlich, dachte ich, während ich die Empfangsdame mit einem Handzeichen grüßte. Die Postkarten hatte ich mir in die Tasche gesteckt, auch wenn ich nicht wusste, wozu. Die Sache hatte sich zu einer fixen Idee ausgewachsen.

Da ich nun mal, ganz gleich wo auf der Welt, ein Gewohnheitstier bin, schlug ich denselben Weg ein wie am Abend zuvor.

Am Ende der Geisha-Gasse verströmte die Laterne an der Bar für einsame Karaokesänger ihr gelbliches Licht. Ich hatte nicht die leiseste Absicht, wieder dort einzukehren, als ich aber an der Tür vorbeikam, fuhr ich zusammen. Das namenlose Lokal vom Tag zuvor hatte, wie auf dem Metallschild zu lesen war, über Nacht einen Namen bekommen:

BAR SAMUEL

Ich war mir sicher: Der verrückte Japaner musste der Wirtin meinen Namen vorgeschlagen haben.

Fest entschlossen, für diesen schlechten Scherz eine Erklärung zu verlangen, stieß ich die Tür auf. Garantiert würde ich den Übeltäter drinnen vor seiner Flasche Sake antreffen. Fehlanzeige: Die Kneipe war leer, bis auf die Wirtin, die mich mit verschwörerischem Lächeln empfing. Sie wusste genau, wer ich war.

Das Mindeste, was sie tun konnte, dachte ich, nachdem sie sich erlaubt hatte, meinen Namen für ihre trostlose Bar zu missbrauchen, war ja wohl, mich auf einen Drink einzuladen.

Aber an der Art, wie sie mir die Karte reichte, erkannte ich sofort, dass mir nicht einmal der unverschämte Zuschlag auf das erste Getränk des Abends erspart bleiben würde.

Ich bestellte ein Fläschchen Asahi und setzte mich auf denselben Barhocker wie am Abend zuvor. Da ertönten wie in einem Alptraum, der sich in zwanghafter Weise wiederholt, die Akkorde eines russisch klingenden Liedes und leiteten das verflixte *Dokonoko no Kinoko* ein.

Nur war Okamuras Platz heute leer. Das Mikrophon lag auf der Theke wie ein auf einem hölzernen Meer dahintreibender Schiffbrüchiger.

Sofort war ich auf der Hut. Nicht, dass die Wirtin jetzt versuchte, mich zum Singen zu überreden. Als sie ein beschriebenes Blatt vor mich auf die Theke legte, wurde ich noch misstrauischer. Ich warf einen verstohlenen Blick darauf, traute mich aber nicht, es in die Hand zu nehmen, da es womöglich die Transkription des japanischen Liedes in lateinischen Schriftzeichen enthielt.

Doch ich hatte mich getäuscht, es war eine Übersetzung ins Englische, mit einem schlecht schreibenden Kuli notiert. Wabi-Sabi. Aus dem Schriftbild schloss ich auf eine Frau. Offenbar war der Text für mich gedacht.

Während der Raum sich mit den plumpen Strophen des Kinderliedes füllte, nahm ich das Blatt Papier in die Hand und las:

He, Pilz, woher kommst du?
Schöner Pilz, woher kommen Sie?
Ein Pilz aus dem Wald.
Ein Pilz aus dem Wald wurde zur Trompete.
Und die Klänge des Liedes flogen zu den Wolken hinauf.
Puppu-Lu-Papa-Pulu Pappa …
He, Pilz, woher kommst du?
Schöner Pilz, woher kommen Sie?
Ein Pilz vom Himmel.
Ein Pilz vom Himmel wurde zum Fallschirm

Und fiel auf die blauen Wellen.
Sulusulu-Lala, Sulu-Lala …
Erzähl diese Geschichte nicht dem Meer.

He, Pilz, woher kommst du?
Schöner Pilz, woher kommen Sie?
Ein Pilz aus dem Meer.
Ein Pilz aus dem Meer wurde zur Qualle
Und träumte vom grünen Wald.
Yurayura-Lu Lu Lu Lu – Yura …
Erzähl diese Geschichte niemandem.

He, Pilz, woher kommst du?
Schöner Pilz, woher kommen Sie?
Ein Pilz aus dem Wald.
Gott allein kennt die Antwort.

Ich hatte die letzte Zeile dieses verrückten Textes noch nicht zu Ende gelesen, als sich die schwarze Tür öffnete und Okamura forschen Schrittes die Bar betrat. Er war eleganter gekleidet als am Abend zuvor, und trotz der dicken, zerkratzten Brillengläser sah ich seinen Augen an, dass er noch nicht angefangen hatte zu trinken.

Er setzte sich auf seinen Hocker, blickte auf das verlassen daliegende Mikrophon und sagte, mehr zu sich selbst als zu mir:

»Heute werden Dinge passieren.«

DAS LETZTE FOTO, AUF DEM WIR LÄCHELN

Ich machte mich darauf gefasst, dass Okamura jeden Augenblick ein Lied bestellen und das Mikrophon ergreifen würde, aber er tat nichts dergleichen. Vielleicht traute er sich das erst nach der ersten Flasche Sake.

Während er sich ein Bier einer anderen Marke als meines eingoss, sah er mich fragend an. Er schien nicht ganz zu verstehen, warum ich wieder in dieses Lokal gekommen war. Ich aber wusste es genau.

»Können Sie mir erklären, warum diese Bar jetzt meinen Namen trägt?«

»Es ist doch nur ein Name«, erwiderte er seelenruhig. »Ich habe der Besitzerin gestern Abend noch geholfen, den Katalog mit den Videos zusammenzustellen, und da kam mir der Gedanke, man könnte die Bar so taufen. Auch sie fand es gut. Es ist ja nur provisorisch, genau wie das Leben. Morgen könnte die Bar schon anders heißen.«

Dieser Mann konnte einen wirklich geschickt einwickeln, dachte ich, sogar in einer Sprache, die nicht seine eigene war. Deshalb ließ ich die Sache auf sich beruhen. Im Grunde hatte er ja auch nur einen Namen, den Millionen von Menschen auf der Welt tragen, auf ein Schild gemalt.

»Wie war Ihr Tag?«, fragte ich, um das Thema zu wechseln. »Sie sehen sehr elegant aus.«

»Danke, ich warte auf meine Nichte. Wir haben uns auf

ein Gläschen verabredet, bevor sie für zehn Tage zum Bergsteigen aufbricht. Ich will nicht, dass Mizuki mich betrunken sieht und die Erinnerung daran auf den Gipfel irgendeines Berges mitnimmt.«

»Welchen Berg will sie denn besteigen? Den Fujiyama?«

Okamura nahm seine Brille ab und sah mich aus Augen, die in tiefe Täler versunken schienen, verwundert an.

»Reden Sie keinen Unsinn. Meine Nichte ist eine richtige Bergsteigerin. Am Fujiyama läuft man doch nur in einem Strom von Tausenden von Menschen von einer Herberge zur nächsten. Bis zur fünften Station ist der Weg asphaltiert, das sagt schon alles. Danach und bis zur zehnten Station wird es dann schwieriger, aber auch da ist es wie in einem großen Kaufhaus beim Schlussverkauf, nur dass man bergauf geht und wegen der Höhe keine Luft mehr kriegt.«

Die Vorstellung von Massen halb erstickter Leute passte nicht zu dem makellosen, idyllischen Anblick, der sich mir vom Zug aus geboten hatte. Manche Dinge sollte man sich wirklich lieber aus der Ferne ansehen.

Während in der Bar, die meinen Namen trug, ein nostalgisches Lied erklang, schloss Okamura die Augen, als grübe er in der Vergangenheit nach irgendeiner Erinnerung.

»Das letzte Mal, dass ich dort oben war, war meine Frau schon sehr krank. Sie hatte aber noch die Kraft zu laufen. Wir nahmen den Bus ab Kawaguchiko, dem nächstgelegenen Dorf, und stiegen an der fünften Station aus. Bis zum Gipfel brauchten wir den ganzen Tag, beide mit Wanderstöcken, weil der Höhenunterschied 1400 Meter auf nur sechs Kilometern beträgt.«

»Und wie sieht der Gipfel aus?« fragte ich, plötzlich gerührt.

»Der Gipfel ist ein mit Schnee gefüllter Krater, um den man herumlaufen kann, bis man seinen höchsten Punkt erreicht. Dort habe ich meinen Fotoapparat auf Selbstauslöser eingestellt und das letzte Foto gemacht, auf dem wir lächeln. Nach dem Abstieg vom Fuji ging es auch in unserem Leben bergab.«

Das nostalgische Lied war zu Ende, und die Wirtin, die trotz der fremden Sprache verstanden zu haben schien, dass wir über etwas Ernstes redeten, legte nichts anderes auf.

In Okamuras versunkenen Augen schienen sich Tränen zu sammeln.

»Auch das Beste im Leben geht zu Ende«, seufzte er.

»Aber Sie arbeiten noch«, sagte ich, um die Unterhaltung in eine fröhlichere Richtung zu lenken. »Gefällt Ihnen, was Sie tun?«

»Meinem Geschäft geht es auch eher schlecht. Ich bin Vertreter und Buchhalter einer Druckerei. Durch die digitale Entwicklung ist unser Auftragsvolumen auf einen Bruchteil des früheren gesunken. Es ist ein Wunder, dass wir das Papier noch bezahlen können.«

Das Wort »Papier« hatte er ausgesprochen, als handelte es sich um ein Material aus grauer Vorzeit wie das Pergament der Ägypter. Da fielen mir plötzlich die Postkarten ein, die ich mir in die Hosentasche gesteckt hatte.

Ich zog sie in reichlich zerknittertem Zustand hervor und dachte wieder an den Ärger, den sie mir am Vormittag bereitet hatten. Dieser Mann und diese Bar Samuel kamen mir so bizarr vor, dass ich mir keine Sorgen machte, was mein Gegenüber von mir halten würde.

»Da Sie im Druckereigewerbe arbeiten und es sicher gewohnt sind, Kleingedrucktes zu lesen …«, fing ich an. »Würde es Ihnen etwas ausmachen, mir zu sagen, was das hier für eine Adresse ist?«

Okamura setzte seine zerkratzte Brille wieder auf und sah sich die Adresse mit der Nummer 27 genauer an. Irritiert schüttelte er den Kopf. Dann wanderte sein Blick zu der Briefmarke mit den vier Frauen und dem Teleskop. Mit einem Zeigefingernagel kratzte er an dem Stempel herum, der sich überraschend leicht von der Briefmarke löste. Dann blickte er mich vorwurfsvoll an.

»Ich bin zwar schon älter, aber blöd bin ich nicht, verstanden?«, fauchte er. »Es macht Ihnen wohl Spaß, einen einsamen alten Drucker auf den Arm zu nehmen.«

»Ich verstehe nicht, was Sie meinen. Ich habe keine Ahnung, was für eine Adresse da steht, aber wenn ich Sie gekränkt haben sollte, bitte ich Sie …«

»Hier steht nichts Lesbares.«

»Aber es sind doch Kanji-Zeichen …«

»Zeichen, die in dieser Kombination überhaupt nichts bedeuten, auch der Stempel nicht …« Hinter der Brille funkelten seine Augen mich ärgerlich an.

»Das bedeutet alles nichts?«, rief ich. Jetzt verstand ich überhaupt nichts mehr.

Okamura nahm einen großen Schluck Bier und versuchte, sich zu beruhigen. Dann stellte er das Glas auf die Theke und betrachtete mich misstrauisch.

»Das hier ist weder Japanisch noch irgendeine andere Sprache«, sagte er. »Abgesehen von der Zahl 27 und dem Wort ›Atelier‹ steht hier nichts als eine sinnlose Abfolge von Zeichen, offensichtlich von jemandem geschrieben, der keine Ahnung vom Japanischen hat. Es ergibt überhaupt keinen Sinn.«

»Aber … warten Sie mal.« Verwirrt nahm ich die Karte mit der Katze wieder an mich. »Wie kann es denn sein, dass …?«

»Die hat jemand zu Hause an seinem eigenen Drucker produziert«, unterbrach er mich. »Er hat den ganzen Unsinn mit Photoshop montiert. Auch die Briefmarke und der Stempel stammen aus einem Tintenstrahldrucker. Alles gefälscht.«

Ich war so perplex, dass ich nicht einmal merkte, wie die Tür aufging und eine junge Frau eintrat, die ich nie wieder vergessen sollte.

DIE POSTKARTEN, DIE VIERZEHN STUFEN REISTEN

Das erste, was ich beim Anblick von Mizuki dachte, war, dass sie die Schönheit schlechthin verkörperte. Dabei trug sie nicht einmal ein aufreizendes Kleid und war auch nicht geschminkt wie eine moderne Geisha. Sie hatte sportliches Schuhwerk an, eine Jeans und darüber eine langärmlige weiße Bluse, und ihr schwarzes Haar war zu einem einfachen Pferdeschwanz zusammengebunden. Und doch strahlte ihre gesamte Erscheinung Sinnlichkeit und Eleganz aus.

Sie war recht groß und ihr Gesicht leicht eckig, daher vermutete ich, dass Okamuras Nichte das Kind eines US-Amerikaners und einer Japanerin war. Die asiatischen Züge dominierten, aber ihr unerschrockener Blick war typisch für eine junge Frau von der Westküste der USA, die es gewohnt ist, nicht klein beizugeben.

Für einen Moment vergaß ich die Postkarten und begrüßte sie mit einer leichten Verbeugung. Die junge Frau aber reichte mir entgegen dem Protokoll die Hand, eine Geste zwischen dem traditionellen japanischen Gruß und den Wangenküssen, die man sich in Südeuropa gibt.

Als ich mich von Mizukis Wirkung erholt hatte, kehrten meine Gedanken zu den Postkarten zurück. Jetzt, da mir dämmerte, wie alles gelaufen war, hatte ich größte Lust, Titus zu erwürgen.

Ich sah ihn geradezu vor mir, wie er die Postkarten ausdruckte und diese bescheuerte Adresse mit Photoshop zusammenbastelte. Anschließend hatte er sich dann zwei Briefmarken mitsamt Stempeln ausgedruckt und zurechtgeschnitten.

Beschämt begriff ich nun auch, warum weder der Taxifahrer noch die beiden Passanten mir hatten weiterhelfen wollen, als ich ihnen die Rückseite der Ansichtskarte gezeigt hatte.

Mizuki lenkte mich von meinem Ärger ab, indem sie für uns drei kalten Sake bestellte. Während ich mir etwas davon in einen kleinen Keramikbecher goss, musste ich dem Drucker erklären, dass ich ganz offensichtlich einem Scherz zum Opfer gefallen sei, der mich über 10 000 Kilometer von zu Hause fortgelockt habe.

Interessiert erkundigte er sich nach dem Redakteur, der sich momentan als Gottfried Kerstin ausgab oder auch mal als Frances Amalfi. Während die Nichte mich aufmerksam musterte, schilderte ich ihm Titus' Tätigkeit und erzählte, dass er ein Buch über Wabi-Sabi begonnen habe, bei dem er auf meine Mitarbeit zähle.

»Eigentlich eine sehr poetische Art, dich zu dieser Reise zu motivieren«, warf Mizuki ein. »Es muss eine ziemliche Arbeit gewesen sein, die Postkarten so zu drucken, dass sie aussahen, als kämen sie aus Japan.«

»Ach, es geht ihm nur darum, einen Bestseller über Wabi-Sabi zu schreiben. Und da er für eine Japanreise nicht mehr fit genug ist, hat er mich hierher gelockt.«

Kaum hatte ich das gesagt, bereute ich meine Worte. Der alte Titus hatte sich um mich gekümmert, als ich ihn am meisten brauchte. Vielleicht, dachte ich, hatte er mich ja auch wegen meines Beziehungsdesasters in die Ferne schicken wollen, damit ich wieder auf die Beine kam. Bestimmt wusste auch Gabriela von dem Plan. Sonst hätte sie mir nicht geschrieben: »Wenn er will, wird er Dich schon finden.«

»Verdammter Titus«, fauchte ich innerlich, »ich hab dich erwischt.« Die mysteriösen Postkarten, von denen ich geglaubt hatte, sie kämen vom anderen Ende der Welt, brauchten also nur vierzehn Treppenstufen abwärts zu reisen, um zu ihrem Empfänger zu gelangen. »Das zahl ich dir heim«, dachte ich.

»Ich sterbe vor Hunger«, sagte Mizuki plötzlich. »Onkel, gehen wir grillen?«

Sie sprach Englisch wie eine gebürtige Amerikanerin. Mir fiel ein, dass Okamura mir erzählt hatte, sie gebe ihm Englischunterricht. Wie in einem Konversationskurs bemühte er sich bei seiner Antwort um eine gute Aussprache.

»Ich bin nicht in Stimmung, meine Liebe«, sagte er. »Heute Abend gehe ich lieber nach Hause. Aber der Gaijin begleitet dich, stimmt's, Samuel?«

Ich konnte unmöglich ablehnen, ohne unhöflich zu erscheinen, und ehrlich gesagt war mir auch gar nicht danach. Einmal abgesehen von der ungewöhnlichen Attraktivität dieser jungen Frau, die ich um die dreißig schätzte, reizte mich die Vorstellung, eine zwischen zwei Welten lebende Japanerin kennenzulernen.

»Ich wusste gar nicht, dass man in Japan grillt«, antwortete ich wenig einfallsreich, »aber ich würde mich sehr freuen, dich zu begleiten.«

EIN ASCHEKREIS

Es war schon nach elf, als ich Mizuki durch immer dunkler werdende Gassen folgte. Ich sage »folgte«, denn sie lief konstant einige Schritte vor mir her. Es schien ihr nichts auszumachen, ob ich dicht oder in einiger Entfernung hinter ihr war. Seitdem wir die Bar verlassen hatten, hatte sie kein Wort mehr gesagt, als müsste sie sich ausschließlich darauf konzentrieren, den richtigen Weg zu finden.

Da ich einen gewissen Abstand zu ihr hielt, konnte ich im Halbdunkel ihren Gang beobachten. Sie trug zwar schlichte Kleidung, schwang aber bei jedem Schritt sehr sinnlich die Hüften. Sogar das Pendeln ihres Pferdeschwanzes über ihrem geraden Rücken hatte etwas von einem archaischen, hypnotischen Tanz.

Wir verließen das Viertel mit den alten Häusern und gelangten in einen moderneren Stadtteil, dessen Häuser immer noch niedrig waren.

Meine Führerin blieb vor einer Holztür mit Gitterstäben stehen, durch die sanftes orangefarbenes Licht nach draußen fiel.

Sie drückte auf eine Klingel, wir warteten einige Sekunden, dann glitt die Holztür zur Seite. Nur so weit, dass eine Person hindurchpasste. Drinnen erkannte ich die Silhouette eines schlanken Mannes, der mit Mizuki verhandelte.

Schließlich trat er aus dem Türspalt und gab uns den Weg

frei in einen Raum, in dem vier von Hockern umringte Fässer standen. Von mehreren Wandleuchten fiel Licht in das Lokal, das aussah wie ein Weinkeller. Zu dieser nächtlichen Stunde waren wir die einzigen Gäste.

Der Wirt zeigte mit beiden Händen auf eines der Fässer und verschwand hinter einem roten Vorhang, der, so vermutete ich, den Gastraum von der Küche trennte.

»Ich habe das Gefühl, er wollte gerade schließen, und wir haben ihm den Feierabend vermasselt«, sagte ich.

»Der kann uns mal.«

»Du redest wie die L.-A.-Mädchen aus *The Bling Ring*«, stellte ich fest und musste an den Film von Sofia Coppola denken, den ich vor einem Monat gesehen hatte.

»Fast … Ich bin nämlich aus San Francisco und kein Mädchen mehr. In einer Woche werde ich dreißig.«

»Na dann, herzlichen Glückwunsch im Voraus. Dein Onkel hat mir erzählt, du gehst Bergsteigen.«

»So kann man es auch nennen. Wenn jemand von einem hohen Berg in den Abgrund springt, ist das dann Bergsteigen?«

»Ich glaube, ja«, antwortete ich, ohne auf ihre Provokation einzugehen. »Zumindest sind Leute, die auf Berge klettern und abstürzen, Bergsteiger.«

»Das wird jedenfalls meine Art sein, diese 3 zu feiern, die niemand will, auch wenn alle das Gegenteil behaupten.«

Der Wirt, der zugleich Koch und Kellner war, kam mit zwei Schalen Misosuppe zurück und setzte unserer zynisch-finsteren Unterhaltung ein Ende. Mizuki bestellte zwei Bier und stützte ihr Kinn auf die verschränkten Finger.

»Erzähl mir von dir. Wozu bist du allein nach Kyoto gekommen?«, fragte sie. »Und sag mir nicht, du bist nur deshalb hier, weil man dir eine Postkarte unter der Tür durchgeschoben hat«, fügte sie hinzu, bevor ich antworten konnte. »So blöd kann ja niemand sein!«

Ich trank einen Schluck von dem eiskalten Asahi, um meinen Drang im Zaum zu halten, ihr eine zu scheuern. Doch als ich sie so dasitzen sah, in dieser leeren Kneipe, hatte ich plötzlich Mitleid mit ihr. Mizuki war eine verlorene Seele zwischen Orient und Okzident. Da wir an diesem Abend höchstwahrscheinlich zum ersten und letzten Mal zusammensaßen, scheute ich mich nicht, ihr ehrlich zu antworten:

»Einerseits will ich meinem Freund, dem Redakteur, bei der Suche nach Wabi-Sabi-Material helfen. Ich lese mir gerade einiges zu dem Thema an und hoffe, mit ein paar Künstlern oder Philosophen sprechen zu können, um mehr darüber zu erfahren.«

Der Wirt erschien mit einem qualmenden Kessel und einer Zange. Er setzte beides auf einem freien Hocker ab, hob den Deckel des Fasses an, das mit Sand gefüllt war, und verteilte glühende Kohlen zu einem Kreis. Zuletzt legte er einen Grill darüber.

»Jetzt bringt er noch frisches Gemüse und drei Sorten Fleisch, und wir können uns alles nach Wunsch grillen«, erklärte Mizuki, bevor sie zu unserem Gesprächsthema zurückkehrte. »Du bist also extra hergekommen, um die Kunst der Unvollkommenheit zu studieren?«

»Das ist nur eine Ausrede, damit ich das Gefühl habe, meine Zeit nicht zu verplempern. Ich mag den Gedanken, etwas zu tun.«

»Du tust immer was«, sagte sie und blickte mich aus ihren mandelförmigen Augen unverwandt an. »Zum Beispiel bist du gerade mit mir in einer Grillbar.«

Statt zu antworten, was mir auf der Zunge lag – »Ich meinte, etwas Nützliches zu tun« –, schlug ich einen vertraulicheren Ton an. Vielleicht lag es an meiner jetlagbedingten Benommenheit und der Verwunderung darüber, hier mit einer schönen Fremden zusammenzusitzen.

»Ehrlich gesagt musste ich mal eine Weile weg aus Barcelona. Die Frau, mit der ich acht Jahre zusammen war, hat mich verlassen, und jetzt suche ich meinen Platz in der Welt. Verstehst du?«

»Absolut«, sagte sie und legte ihre kühle, weiche Hand auf meine. »Mir geht es wie dir, nur umgekehrt. Ich habe gerade in San Francisco den Mann meines Lebens verlassen und habe jetzt das Gefühl, ich hätte einen unverzeihlichen Fehler begangen.«

»Dann bist du besser dran als ich. Du kannst zu ihm zurückkehren. Bestimmt ist er noch in dich verliebt.«

Mizuki strich sich eine schwarze Strähne von ihrem kleinen, runden Ohr, als wollte sie besser hören, was ich sagte.

»Ich bin auch noch in ihn verliebt«, erwiderte sie, »aber ich kann unmöglich zurück. Es sind Dinge passiert, die man nicht mehr ungeschehen machen kann. Deshalb will ich verschwinden. Für immer.«

Da ich es gewohnt war, Studenten Krisenhilfe zu leisten, die an ihren Problemen mit dem Germanistikstudium verzweifelten, tätschelte ich ihr zweimal die Hand, bevor ich meine zurückzog.

»Dinge geschehen. Das hat dein Onkel vorhin auch gesagt, als er gerade in die Bar gekommen war.«

Mizuki murmelte irgendetwas Unverständliches auf Japanisch, bevor sie zur Sprache ihrer Adoptivheimat zurückkehrte.

»Es gibt Dinge, die hätten nie passieren dürfen. Deshalb habe ich die USA verlassen und bin für drei Monate zu meinem Onkel gezogen. Er ist der Mensch, den ich auf der ganzen Welt am meisten liebe. Ich wollte mich wenigstens von ihm verabschieden.«

»Dich verabschieden?«

»Ja, bevor ich mit allem Schluss mache.« Sie seufzte tief.

»Ich bin keine so gute Bergsteigerin, wie ich ihm weisgemacht habe, verstehst du? Ich bin noch nie auf einen Dreitausender gestiegen. Die Hokkaido-Berge habe ich mir nur deshalb ausgesucht, weil es da viele unbewohnte Gegenden gibt. Ich habe mir das alles genau überlegt.«

»Was hast du dir überlegt?«

Der Koch stellte ein Tablett mit unterschiedlichen Fleischstücken sowie eine kleine Pfanne mit Pilzsträußchen, Zwiebeln und einem halben Maiskolben neben unsere Teller.

»Vor der letzten Exkursion«, fuhr Mizuki fort, den Blick unverwandt auf den glühenden Kreis gerichtet, der ihr schneeweißes Gesicht beleuchtete, »vernichte ich meine Papiere und schmeiße auch alles andere weg, was dazu dienen könnte, mich zu identifizieren. Dann steige ich auf den höchsten Berg, den ich finde, singe ein Lied und springe runter. Ende.«

»Red keinen Unsinn, lass uns lieber essen«, sagte ich, während ich mit der Zange ein Fleischstück und Gemüse über die Glut legte.

Mizuki griff nach meiner freien Hand und drückte sie fest, um mir zu verstehen zu geben, dass sie es ernst meinte. In ihren angespannten Zügen lagen Schmerz und Entschlossenheit.

»Mein Onkel wird nie erfahren, dass ich tot bin. Ich werde nur einer mehr sein von diesen Bergsteigern, die spurlos verschwinden und von denen man nie wieder etwas hört … Wer weiß, vielleicht denkt er ja, ich bin in den Bergen geblieben und lebe dort in einer Hütte. Oder ich habe einen Mann kennengelernt und bin mit ihm auf und davon, ohne Bescheid zu sagen. Das wäre ziemlich typisch für mich.«

»Alles ist möglich.« Ich drehte die Fleischstücke um, damit sie nicht anbrannten. »Aber es wäre eine Riesendummheit, an deinem dreißigsten Geburtstag Selbstmord zu begehen. Der ist doch in einer Woche, oder?«

»Ja. Und ich finde, es ist ein guter Zeitpunkt, um von hier zu verschwinden. Warum findest du, es wäre eine Dummheit?«

Während ich das Gemüse auf dem Grill so zurechtschob, dass es nicht schwarz wurde, versuchte ich nachzudenken.

»Jeder kann gehen, wann er will«, sagte ich, »aber ich finde, erst muss er sich darum kümmern, seine Angelegenheiten in Ordnung zu bringen. Du kannst die Menschen, die dich lieben, nicht einfach so in der Luft hängen lassen.«

»Wie meinst du das?«

»Dein Onkel hat mir gesagt, er verdanke dir seine großen Fortschritte im Englischen. Seit er Witwer ist, wünscht er sich nichts sehnlicher, als diese Sprache zu lernen«, log ich. »Deinem Schüler gegenüber wäre es rücksichtslos, wenn du vor dem Ende eures Unterrichts in den Abgrund springst.«

Ich griff mit den Stäbchen nach einem gebratenen Bündel winziger Pilze, tunkte sie in Sojasoße und schob sie mir in den Mund. Sie schmeckten knusprig und gleichzeitig zart.

Mizuki biss sich auf die Unterlippe und schien über etwas nachzugrübeln. Man brauchte kein Genie zu sein, um zu erkennen, dass sie trotz all ihrer Anmut ein labiler Mensch war.

»Okay«, sagte sie schließlich. »Ich gebe ihm noch drei oder vier Stunden … aber unter einer Bedingung.«

»Und das wäre?«

»Du musst mir versprechen, dass du nicht abreist, bevor ich aus Hokkaido zurück bin.«

Ich hob den Arm, um noch ein Bier zu bestellen. Ich war soeben in meine eigene Falle getappt. Schon war mein Plan, noch ein paar Tempel zu besichtigen und anschließend nach Hause zurückzufliegen, dabei, sich in Luft aufzulösen, aber dann kam ich wieder zur Vernunft.

»Ich kann nicht zehn Tage hierbleiben und warten, bis du zurückkommst, Mizuki.«

»Echt nicht?«

Sie sah mich mit der ärgerlichen Miene eines kleinen Mädchens an. Eilig erfand ich Pläne, die ich gar nicht hatte:

»Wenn du an deinem Geburtstag zurückkommst, könnte ich mich bereit erklären, auf dich zu warten. Im Lauf der Woche schaue ich mir dann ein paar Sehenswürdigkeiten an und nutze die Zeit, um mir für meinen Freund Notizen zu machen.«

»Einverstanden.«

Ich war überrascht, dass sie so schnell auf den Deal einging. Ein weiterer Hinweis darauf, wie es um ihre Vernunft bestellt war und dass ihre Gedanken unstet die Richtung wechselten. Während sie weiter wie hypnotisiert auf den Glutkreis starrte, tunkte ich ein Stück gegrilltes Fleisch in die Soße. Sie hatte kaum etwas von dem Gemüse probiert.

»Gut, so machen wir es …«, sagte ich betont gelassen. »Nächsten Donnerstag treffen wir uns in der Bar Samuel und feiern gemeinsam mit deinem Onkel deinen dreißigsten Geburtstag. Danach könnten wir ja wieder hierherkommen, wenn du willst.«

»Ich gebe ihm aber nur noch ein paar Englischstunden, damit das klar ist«, sagte sie plötzlich unerwartet kühl. »Ich bin genau wie dieser Kreis, der bald zu Asche zerfallen wird. Mein Körper ist noch warm, aber das Feuer, das meine Seele erwärmt hat, ist schon lange erloschen.«

DAS CAFÉ DER TRAURIGEN LIEDER

DER EINSAME MENSCH IN TOKIO

In der letzten Frühlingswoche nutzte ich meinen Japan-Rail-Pass zu einer kleinen Tour durchs Land. Zunächst fuhr ich nach Nara, eine Stadt, die berühmt ist für ihren riesigen Buddha, der in einem nicht weniger gigantischen Holztempel steht. Um zu dem Erleuchteten zu gelangen, musste man einen Park durchqueren, in dem Hirsche den Touristen in den Hintern bissen, damit sie die Kekse herausrückten, die sie für die Tiere gekauft hatten.

Mein nächstes Ziel war Osaka, tagsüber eine Stadt ohne jeden Reiz, die sich jedoch nachts in ein futuristisches Szenario verwandelte, in dem exzentrisch geschminkte und gekleidete Frauen unter den Neonlichtern umherspazierten.

In Tokio hielt ich mich nur knapp zwei Tage auf, weil mich die Größe der Stadt einfach überforderte. Ich hatte gerade genug Zeit, um den Fischmarkt, das exklusive Ambiente im Stadtteil Ginza, die Statue von Hachiko – dem treuen Akita, der als Vorlage für den bekannten Film diente – und das 52. Stockwerk des Hyatt Hotel aufzusuchen.

Auf dieser Aussichtsetage mit ihrer durch *Lost in Translation* berühmt gewordenen New York Bar begrüßte ich an jenem Dienstag die Ankunft des Sommers. Nach dem Vorbild der apathischen Hauptfigur des Films bestellte ich mir einen 17 Jahre alten Suntory Whisky und betrachtete den Sonnenuntergang über der Megalopolis.

Zur Verschönerung der Aussicht – und um den exorbitanten Getränkepreis zu rechtfertigen – sang ein Klon von Diana Krall am Klavier amerikanische Standards, die wie Fahrstuhlmusik dahinplätscherten. Ich saß neben der Fensterfront an der Theke und ließ den Blick zwischen der schwindelerregenden Aussicht und meinem Lonely Planet hin und her wandern, während mir der japanische Malt Whisky in der Kehle brannte.

Nach meinen Berechnungen entsprach jeder Schluck ungefähr zwei Euro.

Ein Mensch, der alleine Urlaub macht, bietet stets einen geheimnisvollen und gleichzeitig traurigen Anblick. Mehr als einmal hatte ich das während meiner Wochenendausflüge mit Gabriela gedacht. Als ich etwa bei einem Chinesen im Londoner Soho einen Mann schweigend essen oder in Paris eine junge Touristin einsam durch den Louvre wandern sah, fragte ich mich, ob ihr Alleinsein gewollt oder unumgänglich war.

Es ist nicht immer leicht, das eine vom anderen zu unterscheiden. Manche Leute verlassen ihren Partner, weil sie allein sein wollen, weil sie die häuslichen Streitereien satthaben, die zum Grundrauschen ihres Alltags geworden sind. Andere wurden verlassen und entdecken nun plötzlich die Wohltaten des Alleinseins und finden eigene Schätze wieder, die sie während ihrer Versuche, mit einem anderen Menschen klarzukommen, gar nicht beachtet hatten.

Ausgerechnet jetzt, da ich unter der benebelnden Wirkung des Suntory über Trennung und Alleinsein sinnierte, sang die Pianistin eine Ballade von Stevie Nicks, die sich mit ebendiesem Thema im reiferen Alter befasste.

Inwiefern sind wir fähig, die verschiedenen Etappen unseres Lebens zu akzeptieren?

Well, I've been afraid of changing
'Cause I built my life around you
But time makes you bolder
Even children get older
*And I'm getting older, too**

Aber machen wir uns nichts vor, wir fürchten uns vor der Einsamkeit, und nur sehr wenige Menschen beenden eine Beziehung, um ein mönchisches Leben zu beginnen. Meistens ersetzt man eine Beziehung durch eine andere, von der man glaubt, sie werde besser funktionieren.

Doch auch das traf nicht auf mich zu und ebenso wenig auf Gabriela, falls ich ihrer Version der Ereignisse Glauben schenkte. Aber wirklich begreifen tat ich das alles noch nicht.

Während ich so dasaß und grübelte, verschwand die Sonne hinter dem Heer von Wolkenkratzern, an denen die Lichtreklamen aufzuleuchten begannen.

Ich musste an einen alten Freund aus Studienzeiten denken – vielleicht den einzigen Freund, den ich je hatte. Vor Jahren hatte er eine Stewardess geheiratet und war nach Portugal gezogen. Damals sagte er mir einmal, er könne sich keine größere Einsamkeit vorstellen als die eines alleinstehenden Menschen in Tokio, der von Millionen anderer Menschen umgeben ist und niemanden zum Reden hat.

Der einsame Mensch in Tokio, das war jetzt ich.

* Ich hatte Angst vor Veränderung/Denn mein Leben ist stets um dich gekreist/Doch die Zeit macht einen mutiger/Sogar die Kinder werden älter/Und älter werde auch ich

ZUR BLUME WERDEN

Am letzten Tag meiner Minitour durch Japan besuchte ich Nikko, ein 140 Kilometer nördlich der Hauptstadt gelegenes, von Heiligtümern umgebenes Bergdorf.

Trotz des schnellen Shinkansens war der Weg dorthin eine kleine Odyssee. Man musste in die Industriestadt Utsunomiya fahren und dort in einen Regionalzug umsteigen, der aussah, als wäre er in den siebziger Jahren zum letzten Mal modernisiert worden.

Während ich auf einer mit rotem Samt bezogenen Seitenbank saß, bekam ich beim Anblick der ersten Baumgruppen Lust, mich wieder in Titus' Buch zu vertiefen. In Osaka hatten Titus und ich einen langen WhatsApp-Schlagabtausch begonnen. Nur widerstrebend wollte er zugeben, dass er der Urheber der Postkarten war, die mich bis ans Ende der Welt gelockt hatten, aber schließlich gestand er.

Seinen Gesichtsausdruck konnte ich aus der Ferne zwar nicht sehen, aber seine Reue wirkte ehrlich. Er bot mir sogar an, mir ab September den Flugpreis in Raten zurückzuzahlen. »Unterkünfte, Essen und Getränke bezahle ich dir aber nicht, du bist es ja, der schläft, isst und trinkt«, schrieb er. »Darüber sprechen wir noch«, lautete meine allerletzte Antwort.

Mit Gabriela hatte ich nur wenige Nachrichten ausgetauscht. Ich hatte sie gefragt, ob sie von dem Betrug gewusst habe. Ja, hatte sie geantwortet, aber es sei nicht ihre Idee gewesen. Sie war noch immer in Paris und litt nach eigener Aussage unter den Symptomen einer beginnenden Depression.

»Soll mir egal sein«, dachte ich, als ich mich im fahrenden Zug daran erinnerte. Es hatte zu regnen begonnen, und die kleinen bläulichen Gipfel vor dem Fenster sahen aus wie die Gestalten eines Traums, den ich in diesem Waggon aus einer anderen Zeit durchquerte.

Wie in einer plötzlichen *Satori* – einer Erleuchtung – hatte ich auf einmal den Eindruck, die Landschaft spiegele haargenau mein Innerstes mit seinen schwach ausgeprägten Höhen und Tiefen.

Das einzig Gute daran, ein gemäßigter Mensch zu sein, ist, dass auch die Katastrophen eher mittelmäßig ausfallen.

Ich suchte in der Essaysammlung nach einem Text von D. T. Suzuki, dem Mann, der Zen im Westen eingeführt und einiges zu diesem Aspekt geschrieben hat. Nämlich dass es bei der Meditation letztendlich um die Verschmelzung von Subjekt und Objekt, von Betrachter und Betrachtetem geht.

Nur wenn wir das Wesen der Dinge durchdringen, können wir sie in ihrer ganzen Tiefe begreifen, sagt Suzuki. Er erklärt dies sehr schön anhand der Beziehung zwischen einem Meditierenden und einer Blume:

> *Die Blume kennen heißt, zur Blume werden, die Blume sein, als Blume blühen und sich an Sonne und Regen erfreuen. Wenn ich dies tue, so spricht die Blume zu mir, und ich kenne all ihre Geheimnisse, all ihre Freuden, all ihre Leiden, das heißt, das ganze Leben, das in ihr pulst. Und nicht nur das: Gleichzeitig mit meiner »Kenntnis« der Blume kenne ich alle Geheimnisse des Universums einschließlich aller Geheimnisse meines eigenen Ich, das mir bis jetzt mein Leben lang ausgewichen war, weil ich mich in eine Dualität geteilt hatte, in Verfolger und Verfolgten, in den Gegenstand und seinen Schatten.*

Jetzt kenne ich jedoch mein Ich, indem ich die Blume kenne. Das heißt, indem ich mich in der Blume verliere, kenne ich mein Ich ebenso wie die Blume.

Dies war ein schlichter Gedanke voller Tiefsinn. Ich würde die Zeilen noch ein paarmal lesen müssen, um ihren Sinn zu begreifen. Was lehrt uns denn nun die Blume? Lehrt sie uns schauen, und das war's? Vielleicht müssen wir erst lernen, die allerkleinsten Dinge ohne Filter zu betrachten, um auch uns selbst mit neuen Augen sehen zu können.

Eigentlich gibt es keine schönen und hässlichen Dinge, sondern nur schöne und hässliche Blickwinkel.

Dieser Gedanke brachte mich wieder auf Mizuki. Vor nicht einmal fünf Tagen hatten wir den Abend gemeinsam in der Bar und in der Grillkneipe verbracht, meine Reise aber schien die Zeit, die uns trennte, ausgedehnt zu haben.

Ich stellte mir vor, wie sie die schroffen Berge der nordjapanischen Insel bestieg. 1972 hatten auf Hokkaido die Olympischen Winterspiele von Sapporo stattgefunden. Und dort lebten Affen, die im Winter in Thermalquellen badeten, das wusste ich noch aus einer Ausgabe von *National Geographic*. Ob sie sie gesehen hatte?

Für den kommenden Abend waren wir in der Bar verabredet, die meinen Namen trug, aber mir war plötzlich mulmig zumute: Was, wenn Mizuki ihre Drohung wahr gemacht hatte und nicht zurückkam?

Ich beruhigte mich mit dem Gedanken, dass der wahre Selbstmörder seine tödliche Tat nie ankündigt, sondern sie einfach ausführt.

So neblig trüb und wechselhaft, genau wie die Landschaft vor dem Fenster, sah es in meinem Inneren aus, als der Zug in Nikko hielt.

NICHTS SEHEN, NICHTS HÖREN, NICHTS SAGEN

Ich wachte in einem Raum auf, den ich mir mit fünf Zimmergenossen in einem Gästehaus in Nikko teilte. Die Nacht war ein einziges, ununterbrochenes Schnarch- und Seufzkonzert gewesen, in das sich sogar ein nächtliches Selbstgespräch auf Japanisch gemischt hatte. Ich war mehrmals aufgewacht, doch jedes Mal, wenn ich einen Blick auf die dunklen Silhouetten der schattenhaften Tannen im Mondlicht warf, die ich am Fuß meines Bettes durchs Fenster sah, sank ich in noch tieferen Schlaf.

Als ich zum Frühstück ins Erdgeschoss hinunterging, war mir, als hätte ich mich drei Tage lang ausgeruht. Vielleicht sehnte sich meine Seele nach Wäldern, dachte ich, und ich hatte sie zu Unrecht in die Stadt verbannt.

Im Speisesaal saßen drei japanische Mädchen mit Pfadfindermützen, die ihre Köpfe zusammensteckten, als sie mich herunterkommen sahen, außerdem ein westlich aussehender Mann um die fünfzig. Er hatte eine Glatze und einen Schnurrbart, trug Lederhosen mit Hosenträgern und feste Wanderschuhe.

Er hob die Hand zum Gruß. Eine Minute später unterhielten wir uns vor einem Teller Spiegeleier und weißer Bohnen. Einem ungeschriebenen Gesetz zufolge kommen zwei allein Reisende unweigerlich ins Gespräch und ziehen schließlich gemeinsam weiter.

Der Mann stellte sich als Hans Martin aus Sankt Gallen in der Schweiz vor. Seit Jahren hatte er Japan kennenlernen wollen und schließlich seine Flugangst überwunden, um sich allein ins Abenteuer zu stürzen. Ich erzählte ihm lediglich von der Sache mit dem Wabi-Sabi, und dass ich noch am selben Nachmittag nach Kyoto zurückkehren wolle.

»Bestimmt werden die drei Affen Sie bei den Recherchen zu Ihrem Buch inspirieren«, sagte er in akkuratem Englisch.

Ich hatte mal etwas gelesen über diese Holzskulptur mit den drei Affen, von denen sich einer die Ohren, der zweite den Mund und der dritte die Augen zuhält, aber was sie mit Nikko zu tun hatten, wusste ich nicht.

Hans Martin erwies sich als wahrer Experte auf dem Gebiet.

»Die Alten befinden sich an der Fassade eines Pferdestalls, der zum Toshogu-Schrein gehört, einem Schrein aus dem 17. Jahrhundert«, erklärte er mir. »Das ist nicht weit von hier. Wenn es Sie nicht stört, könnte ich Sie dorthin begleiten.«

»Im Gegenteil«, erwiderte ich, von seiner Freundlichkeit überrascht. »Sehr gern. Außerdem habe ich nur ein paar Stunden Zeit für Tempelbesichtigungen. Nach dem Mittagessen geht mein Zug.«

»Also, wenn Sie sich nur eine einzige Sache anschauen können, sollten Sie Toshogu wählen.«

Wenig später brachen wir auf und liefen durch unberührte Wälder, die im Morgenlicht erstrahlten. Mit jedem Schritt vertiefte sich die eigenartige Ruhe, die sich in der Nacht über mich gelegt hatte. Um diese Uhrzeit war noch niemand hier außer uns und den Vögeln in den Wipfeln.

»Tolle Sache, die Schönheit der unvollkommenen Dinge zu erforschen«, sagte Hans Martin, während wir einen von Bäumen überschatteten Weg entlangliefen. »Leute, die versuchen, alles zu glätten und zu vereinheitlichen, gibt es schon genug. Die Welt ist nun mal rauh und rissig. Eine Sache wird nie so, wie wir sie planen, und das ist auch gut so, sonst wäre ja alles schrecklich langweilig. Wissen Sie, was Tagore gesagt hat?«

»Vieles, nehme ich an. Hat er auch von Wabi-Sabi gesprochen?«

»Ja, auf seine Art. Er sagte, dass der Wald sehr traurig wäre, wenn nur die Vögel sängen, die es am besten können.«

Der Satz hallte tief in mir nach. Während wir schweigend weiterliefen, sagte ich mir, dass dieser Sinnspruch bestimmt auch für die Liebe gilt. Es wäre sehr traurig, wenn sie den attraktivsten, empathischsten und verführerischsten Menschen vorbehalten wäre, denn all die Bewunderung, die sie um sich herum hervorrufen, gibt ihnen schon reichlich.

Es sind die gebrochenen und sehnsüchtigen Herzen, die Liebe brauchen. Und wenn sie das Lied des Lebens nicht richtig gelernt haben, hilft ihnen vielleicht das gemeinsame Singen mit einem anderen, begabteren Vogel dabei, den richtigen Ton zu treffen.

Während ich so vor mich hin philosophierte, standen wir plötzlich vor einem *Torii*, einem aus zwei Pfosten und einem geschwungenen Querbalken bestehenden Schreintor.

Hans Martin schien glücklich, in Toshogu zu sein, obwohl er den Schrein jetzt schon zum dritten Mal innerhalb von zwei Tagen aufsuchte.

»Gleich werden wir Mizaru, Kikarazu und Iwarazu sehen«, sagte er voll kindlicher Begeisterung.

»Wer ist das denn?«

»Na, die drei Affen! So heißen sie. Ihre Namen bedeuten ›nichts sehen‹, ›nichts hören‹ und ›nichts sagen‹.«

Dann führte er mich zu den verschiedenen hölzernen Tempelchen und Altären, die reich mit Menschen- und Tiergestalten verziert waren. Besonders beeindruckte mich die

Skulptur einer schwarzweißen, zwischen Lotosblüten schlafenden Katze, aber die großen Stars von Toshogu waren zweifellos die *San Saru*, wie sie auf Japanisch heißen.

Ich stellte mich vor die Affen, die sich so ausdrucksvoll weigerten, ihre drei Sinne zu gebrauchen.

»Wissen Sie, warum Sie das tun, Hans?«, fragte ich meinen Begleiter.

»Es gibt da verschiedene Interpretationen. Zum Beispiel diese: Wenn dein Herz rein bleiben soll, darfst du nichts Böses hören noch aussprechen noch betrachten, sonst infiziert es dein Denken.«

»Dann dürften wir ja nie die Nachrichten einschalten.«

»Kommt drauf an, welche.«

Dann schwiegen wir.

WOHIN GEHT DIE INSEL DER AALE?

Die Rückfahrt nach Kyoto kam mir sehr lang vor, da ich zuerst den Bummelzug nach Utsunomiya und dann noch zwei verschiedene Hochgeschwindigkeitszüge nehmen musste. Schließlich traf ich bei Dunkelheit in der alten Kaiserstadt ein.

Obwohl ich auch diesmal wieder staunend vor der futuristischen Architektur des Bahnhofs stand, hatte ich nach einer Woche des Umherreisens das Gefühl, nach Hause zurückzukehren. Nikko ist ein Dorf inmitten von Wäldern und die japanische Hauptstadt ein endloser Wald aus Beton, in dem man sich genauso verloren fühlen kann.

Kyoto dagegen hat die perfekte Größe für eine Stadt, fand ich, während ich in ein Taxi stieg und mich zum Ryokan *Zu den Blauen Fröschen* bringen ließ. Der Preis des Hotels war eine Katastrophe für meinen Geldbeutel, aber es gefiel mir einfach, in der Straße mit der Karaokebar für einsame Sänger zu wohnen, deshalb beschloss ich, mir keine neue Bleibe zu suchen.

Die kleine Empfangsdame verneigte sich und begleitete mich zu demselben Zimmer, in dem ich schon sechs Nächte zuvor gewohnt hatte.

Als ich unter der Dusche stand, hatte ich das Gefühl, die zurückliegende Reise wäre nur ein Traum gewesen. Alles, auch ich selbst, schien noch an seinem Platz zu sein.

Während ich mich abtrocknete und anzog, war ich einen Moment lang versucht, mich ins Bett zu legen. Nach diesem langen Tag hätte ich mich gern ausgeruht, aber ich hatte Angst, zu verschlafen und nicht rechtzeitig zu meiner Verabredung zu erscheinen. Immerhin hatte ich Okamuras Nichte versprochen, mich an diesem Abend mit ihr zu treffen, vorausgesetzt, sie machte keinen Unsinn.

Meinen Teil der Abmachung hatte ich erfüllt. Sie würde ihren erfüllt haben, wenn sie in der Bar Samuel, oder wie immer das Lokal jetzt hieß, erschien.

Um halb zehn konnte ich mich davon überzeugen, dass die Bar noch meinen Namen trug. Was ich erst kränkend und dann lächerlich gefunden hatte, kam mir jetzt vor wie ein Zeichen dafür, dass in meinem kleinen Kyotoer Universum alles noch im Gleichgewicht war.

Ich stieß die schwarze Tür auf, und wie in der x-ten Aufführung eines Theaterstücks wies mir die Wirtin den Hocker zu, auf dem ich schon an den ersten beiden Abenden gesessen hatte.

Wieder war ich der einzige Gast, aber die Musik, ein noch viel schrilleres und nervtötenderes Lied als das von den Pilzen, lief auf voller Laustärke.

Hyoutan-jima wa doko he iku
bokura wo nosete doko he iku
Marui chikyuu no suiheisen ni
nanika ga kitto matteiru
Kurushii koto mo arudaro sa
Kanashii koto mo arudaro sa
Dakedo bokura wa kujikenai
Naku no haiyada warachaou
*Susume hyokkori hyoutan-jima**

* Wohin geht unsere Insel der Aale?/Wohin bringt sie uns?/Be-

Hätte ich etwas mehr Japanisch gekonnt als meine vier Begrüßungsformeln, hätte ich die Wirtin gebeten, die plärrende Musik leiser zu stellen. So sah ich nur reglos zu, wie sie mir ein Asahi servierte.

Wenig später öffnete sich die Tür, und Okamura hielt Einzug. Er trug ein dunkelblaues Nadelstreifenjackett und eine hellblaue Krawatte. Sein graues Haar war wieder ordentlich gekämmt, was mich in der Annahme bestärkte, dass er am ersten Abend mittels Sake und Mikro gegen die Erinnerung an seine Frau angekämpft hatte.

»*Konbanwa**. Könnten Sie ihr bitte sagen, sie möchte die Musik leiser stellen?«

»Warum? Das Lied ist doch schon zu Ende … Mögen Sie keine Aale?«

»Geht es um Aale?«, fragte ich überrascht.

»Ja, um Aale und Hoffnung. Das Lied ist hier sehr beliebt.«

Ich verkniff mir weitere Kommentare. Dass es in der Hitparade der Volksmusik ein Lied über Waldpilze und eines über Aale gab, hieß für mich, dass wir mit unserer gängigen Vorstellung von den Japanern als komische Kauze nicht ganz falschlagen.

Zum dritten Mal innerhalb weniger Minuten ging die schwarze Tür auf, und herein kam Mizuki. Sie war nicht nur heil aus den Bergen zurückgekehrt, sondern erschien in einer Aufmachung zu unserem Treffen, die mich sprachlos machte.

stimmt erwartet uns etwas / Am Horizont dieser runden Erde / Bestimmt kommen schwierige Zeiten / Bestimmt kommen traurige Momente / Aber wir werden nicht aufgeben! / Tränen sind uns zuwider, deshalb lasst uns lächeln und weitermachen / Überraschung, die Insel der Aale!

* Guten Abend.

DAS GLÜCK DER AINU

Ich legte denselben Weg wie beim ersten Mal vom historischen Kyoto in eines der moderneren Stadtviertel zurück, diesmal jedoch mit einer nicht wiederzuerkennenden Mizuki. Sie trug einen ultrakurzen schwarzen Minirock, dazu Netzstrümpfe und hochhackige Schuhe. Sie sah aus, als wäre sie nicht eine Woche in den Bergen gewesen, sondern hätte maßlos in Shibuya, dem Tokioter Viertel für ausgefallene Mode, geshoppt.

Wieder lief ich einen halben Meter hinter ihr und konnte ihre endlosen Beine und die Aussparung im Rückenteil ihres roten T-Shirts bewundern, durch die zwei schwarze BH-Träger zu sehen waren. Diesmal trug sie ihr Haar nicht als Pferdeschwanz, sondern als Zopf, den sie oben auf dem Kopf zu einem Knoten verschlungen hatte.

Ich war immer noch baff, dass die Japanerin aus San Francisco die Rolle der Selbstmörderin gegen die einer Femme fatale eingetauscht hatte.

Auf dem Weg zum Grillrestaurant gab sie mir keinerlei Erklärung für diese Verwandlung. Sie ignorierte mich einfach, bis wir schließlich vor der vergitterten Holztür standen. Dort klingelte sie, drehte sich um und zwinkerte mir zu. Ihre Lippen waren rot geschminkt, und ihre Wimpern trugen eine satte Ladung Mascara.

Als der dürre Restaurantbesitzer uns sah, schob er die Tür

ganz auf. Diesmal war es zwar viel früher als beim letzten Mal, aber wieder waren wir die einzigen Gäste im Lokal.

Wir setzten uns an dasselbe Fass. Von Mizukis radikalem äußerlichen Wandel abgesehen, würde dieser Abend wohl, so vermutete ich, genauso verlaufen wie der erste. Sie aber sorgte dafür, mir das Gegenteil zu beweisen.

Eine große Flasche gekühlter Sake erschien vor uns auf dem Fassdeckel.

»Wir müssen feiern, dass wir beide wieder da sind«, sagte sie.

»Hattest du daran gezweifelt?«

»Dass du kommen würdest, wusste ich«, sagte sie mit sonderbar starrem Blick, »aber bei mir war ich mir nicht so sicher.«

Ich goss mir ein halbes Glas des ungefilterten Sake ein und dachte über den ersten Teil ihres Satzes nach. Dass sie so sicher war, dass ich kommen würde, hieß entweder, sie wusste genau, wie attraktiv sie war, oder sie hatte in mir den furchtsamen Menschen erkannt, der sich nicht mit dem Selbstmord eines anderen belasten will.

Von meiner Seite des Fasses aus betrachtete ich ihre Schönheit im Licht der Wandleuchten. Ihr langer Hals endete zwischen zwei geraden Schultern. Kurz schweifte mein Blick hinunter zu ihren Brüsten, die unter dem gespannten Oberteil eine beachtliche Größe erahnen ließen.

»Erzähl mal, was du auf Hokkaido gemacht hast«, sagte ich, mich innerlich am Riemen reißend. »Stimmt es, dass die Affen dort in warmem Wasser baden?«

»Meinst du die Makaken? Um sie in den heißen Quellen baden zu sehen, hätte ich im Winter hinfahren müssen, wenn die Temperaturen auf unter minus fünfzehn Grad sinken.«

»Stimmt … Ich hatte ganz vergessen, dass gerade der Sommer begonnen hat.«

»Ich habe die ganze Woche in einer Ainu-Gemeinschaft

verbracht, bei japanischen Ureinwohnern«, sagte sie und schnupperte an ihrem Glas Sake.

»Ainu …«, wiederholte ich. »Davon habe ich noch nie gehört. Ehrlich gesagt wusste ich nicht mal, dass es in Japan noch Ureinwohner gibt.«

»Es leben auch nur noch ein paar Tausend von ihnen. Die Ainu sind Animisten und glauben, dass alles, was auf der Erde existiert, sein Kamui hat, einen göttlichen Geist. Vor dem Essen preisen sie die Geister des Weins und der Nahrungsmittel, und sie leben in Schilfhäusern, sogenannten *Cise*.«

»Und ansonsten sind sie wie alle übrigen Japaner? Ziehen sich die Frauen … so an wie du?«

»Ach was!« Mizuki sah mich an, als hätte ich sie auf den Arm genommen. »Heute habe ich mich nur so angezogen, weil ich tagelang wie die Ainu in einer Hütte auf dem Boden geschlafen habe. Nein, sie sind wirklich ganz anders als wir. Sie haben zum Beispiel keine Möbel.«

Der Wirt brachte uns die beiden Schalen Misosuppe, während meine Begleiterin weiter fasziniert vom Leben der Ainu berichtete.

»Die Männer tragen lange Bärte und Schnurrbärte. Die Frauen tätowieren sich den Mund so, dass er wie ein großes schwarzes Lächeln aussieht. Auch die Genitalien tätowieren sie sich. Sie tragen jede Menge Ohrringe und Halsketten und jagen im Wald mit Giftpfeil und Bogen.« Mizuki machte eine Pause und pustete in die dicke Suppe. »Übrigens benutzen nur die Männer beim Essen Stäbchen«, fuhr sie fort. »Sie schieben sich damit den Schnurrbart vom Mund. Die Frauen benutzen Löffel.«

»Ich freue mich auf jeden Fall, dass du in besserer Stimmung zurückgekommen bist«, sagte ich, bevor ich anfing, meine Misosuppe zu essen. »Haben diese Ainu dir auch ihre Sprache beigebracht?«

»Die ist viel zu schwer. Sie hat nicht das Geringste mit dem Japanischen zu tun. Eigentlich habe ich nur ein einziges Wort gelernt: *anekuroro*. Es bedeutet ›glücklich‹. Das hat die Großmutter in meiner Hütte jedes Mal gesagt, wenn ich mich bei ihr für das gute Essen bedankt habe.«

»*Anekuroro* … Ich weiß ja nicht, wie lange ich noch in Kyoto bleibe, aber ich bin glücklich, dass du glücklich bist.«

Mit gesenkten Lidern trank Mizuki ihre Suppe, langsam und entspannt. Dann lächelte sie und sagte etwas, was ich nicht verstand:

»Heute Nacht wirst du Gelegenheit haben, mir zu beweisen, dass das stimmt.«

NAMIDA NO CAFÉ

Nach dem Essen nahm mich Mizuki mit in die Shijo-dori, eine mit Menschen überfüllte Straße im Stadtzentrum, die sich vom Yasaka-Schrein bis zu einer berühmten Brücke am Fluss Kamu erstreckte.

Die Straße, durch die der Verkehr eines Donnerstagabends floss, überraschte mich nicht nur durch das Gedudel ihrer *Pachinko*-Läden und anderer Spielhöllen, sondern vor allem durch ihr architektonisches Chaos. Avantgardistische drei- oder vierstöckige Bauten wechselten sich mit nichtssagenden Kästen voller Werbetafeln und Luxusbürohäusern ab. Die Gebäude verband ein heilloses Wirrwarr aus Stromkabeln, und nur ein winziger Funke würde wahrscheinlich die gesamte Stadt in Dunkelheit tauchen.

»Hier entlang«, sagte Mizuki und zog mich an der Hand in eine Gasse, die von der Hauptstraße abbog. »Gleich lernst du mein Lieblingscafé kennen.«

Wir liefen eine schmale, schwach beleuchtete Gasse entlang. Ich wunderte mich, wie kühl die Haut meiner Begleiterin war, wie die eines Salamanders. An den verschiedenen Stockwerken der irgendwie unfertigen Häuser hingen hier und da schwach beleuchtete Schilder mit Kanji-Inschriften.

»Sind das Bordelle?«, fragte ich.

»Kann sein, dass auch eins darunter ist, aber in Japan ist es ganz normal, dass sich auf allen Etagen eines Gebäudes Läden befinden. Die Stadt hat so viele Einwohner, da könnten niemals alle Geschäfte im Erdgeschoss unterkommen.«

Vor einem niedrigen, weiß gekachelten Gebäude, das mich an die ersten Appartementhäuser an der Costa Brava erinnerte, blieben wir stehen. Eine Außentreppe führte an vier Geschäften vorbei, an denen handbemalte Holztafeln hingen. Auf der Tafel im obersten Stock war der Kopf eines außerirdischen Wesens abgebildet, dem eine Träne über die Wange lief.

»Es ist ganz oben«, sagte Mizuki und zeigte in die Höhe, während sie vor mir die Treppe hochstieg.

Ich folgte ihr die Stufen hinauf. Unter ihrem Minirock zeichnete sich deutlich ihr Hintern ab, und ich hatte den Eindruck, es war ihr sehr wohl bewusst, dass ich ihn genau vor Augen hatte.

Während wir so zum »Namido no«-Café hochstiegen, warf ich hier und da einen Blick in die verschiedenen Bars, die genauso winzig aussahen wie die, in der wir uns kennengelernt hatten, allerdings wesentlich stilvoller. Eine hieß »Yellow« und wurde ihrem Namen dadurch gerecht, dass sie durch und durch in Gelb gehalten war, vom Boden über Wände und Möbel bis zum Hemd des Kellners.

Mizukis Lieblingsbar war ein schummriger, etwa fünfzehn Quadratmeter großer Raum, in dem drei winzige Tische und ein Sofa standen. Hinter der reichbestückten Theke stand ein junger Japaner mit einer kleinen Haartolle und nickte uns zu.

Mir fiel auf, dass unter sein rechtes Auge eine Träne tätowiert war.

Der Soundtrack des Abends kam von einem tragbaren Plattenspieler am Ende der Theke. Während das Vinyl kreiste, lehnte an zwei Flaschen die dazugehörige Plattenhülle. Auf den letzten Rillen zelebrierte *Atmosphere* von Joy Division einen traurig-düsteren Abschied.

Don't walk away in silence
*Don't walk away**

Mizuki fläzte sich aufs Sofa, und ich hielt Ausschau nach einem Hocker, um mich ihr gegenüber auf die andere Seite des verkratzten Glastisches zu setzen.

»Sei doch nicht so förmlich«, beschwerte sie sich. »Du kannst dich ruhig neben mich setzen.«

Ich gehorchte, um nicht wie ein Feigling dazustehen, hielt aber ein paar Handbreit Abstand zu ihr. Inzwischen hatte sie dem Barkeeper etwas zugerufen.

»Was hast du bestellt?« fragte ich besorgt.

»Zwei Stigmata Martyr Cocktails. Ich verrate dir nicht, was drin ist, mal sehen, ob du es errätst.«

Die Platte hatte zu kreisen aufgehört. Stille machte sich breit, während der Barkeeper unsere Getränke mixte.

»Besonders fröhlich sieht es hier nicht gerade aus.«

»Ist es auch nicht. Der Name des Lokals sagt schon alles: Café der Tränen.«

»Sind wir zum Weinen hergekommen?«

Aus der Art, wie Mizuki ihre Lippen verzog, schloss ich, dass ihr meine Bemerkung nicht gefiel.

* Geh nicht schweigend fort/Geh nicht fort

DIE FRÖHLICHKEITSINVASION

Eben hatte der Wirt zwei Cocktails so rot wie Mizukis T-Shirt vor uns auf dem Glastisch abgestellt, als ein dritter Gast die Bar betrat. Ein junger Mann mit langer Mähne und merkwürdig schmalem Gesicht setzte sich an einen Tisch am anderen Ende des Raums. Angesichts der Größe des Lokals hieß das, dass er ungefähr zweieinhalb Meter von uns entfernt saß.

Der Barkeeper schien überwältigt von dem Erfolg, den die gleichzeitige Anwesenheit dreier Gäste bedeutete. Um Zeit zu gewinnen, schaltete er einen in die Theke eingelassenen Flachbildschirm ein. Es lief ein You-Tube-Kanal, der nicht passender hätte sein können: der *Sad Songs Channel.*

Über eine Eisblume liefen die Worte *Lost Song* und kündigten ein Stück von Ólafur Arnalds an: neoklassische Musik mit einer weinerlichen Geige und einem gleichförmigen, deprimierenden Klavier.

Ich probierte meinen Cocktail, der Tomatensaft und Gin enthielt.

»Kein Wunder«, sagte ich zu der Japanerin, »dass du Lust hast, dich in Abgründe zu stürzen, wenn du oft in diese Bar kommst. Was findest du an diesem Café?«

»Das ›Namida no‹-Café ist ein Trost für mich.«

Ich nahm einen weiteren Schluck von meinem Stigmata Martyr und wartete darauf, dass Mizuki erklärte, was sie meinte. Sie hatte ihre High Heels abgestreift und saß mit angezogenen Beinen neben mir. Sie schaute mich an. In ihrem Blick lag tiefe, existentielle Müdigkeit.

»Wenn es in deinem Leben mal nicht so toll läuft«, sagte sie, »gibt es nichts Verletzenderes als diese Fröhlichkeitsinvasionen. Du hast Lust zu weinen und kommst in Kaufhäuser, wo Technomusik läuft und du von lachenden und schreienden Kunden umgeben bist. Sogar in der Bar, in die mein Onkel …«

»Das kannst du laut sagen«, unterbrach ich sie. »Dieses Lied mit den Aalen zum Beispiel ist wirklich schlimm.«

»Es gibt noch viel schlimmere, glaub mir.« Ein sanftes Lächeln überzog ihr schneeweißes Gesicht. »Was mir in dieser Kneipe gefällt, ist, dass ich hier nicht die Glückliche spielen muss, dass ich mir nicht die Ohren zuhalten und niemanden hassen muss. Die Stücke passen zu meiner seelischen Verfassung, die einem Trümmerhaufen gleicht. Hier habe ich das Gefühl, alles ist so, wie es sein sollte.«

Von ihrem Geständnis ergriffen, fühlte ich mich genötigt, ihr Trost zu spenden.

»Seelische Verfassungen wechseln wie die Jahreszeiten. Weder sonnige noch eisige Tage dauern ewig. Aber ich verstehe, dass man das nicht so leicht einsieht, wenn man total traurig ist.«

Sie sah mich gelangweilt an, umschlang ihre Beine und legte das Kinn auf die Knie. Offensichtlich richteten solche Vorträge bei ihr nichts aus. Ich versuchte eine andere Taktik: herauszufinden, warum es ihr so schlecht ging.

»Wie war dein Mann eigentlich so?«

Mizuki schüttelte den Kopf, ganz langsam, als erwachte sie aus einem Traum.

»Richard war ein guter Mann. Vielleicht zu gut«, antwortete sie. »Er war so klar in seinen Überzeugungen, dass ich immer schon im Voraus wusste, was er als Nächstes tun würde. Er war vollkommen berechenbar.«

»Hast du ihn deshalb verlassen?«, fragte ich und versuchte, mein eigenes Drama in ihrem wiederzuerkennen. »Weil du dich gelangweilt hast?«

»Es ist viel komplizierter als das ... Sagen wir, er war so gutmütig, so aufmerksam und verständnisvoll, dass er mich in die entgegengesetzte Rolle gedrängt hat. Wie bei Yin und Yang wurde ich schließlich sein Gegenpart.«

»Das verstehe ich nicht.«

»Ich auch nicht«, seufzte sie, »deshalb bin ich ja hierhergekommen. Ich hoffe, der Abstand hilft mir, es zu verstehen.«

Wir schwiegen beide, aber es war nicht unangenehm. In gewisser Weise hatten wir das Pferd von hinten aufgezäumt. Ich kannte jetzt das Ende ihrer Geschichte, aber nicht die Geschichte selbst.

Auch sie wusste nichts von meiner kleinen Tragödie. Ich hatte ihr nur erzählt, dass meine Freundin mich verlassen hatte.

Vielleicht waren auch gar keine großen Erklärungen nötig. Womöglich reichte es, zu wissen, dass wir zwei Liebesversager waren, die zu allem Überfluss auch noch in der »Bar der Tränen« gelandet waren. Die Lust zu weinen war mir jedoch mittlerweile vergangen.

Als hätte sie meine Gedanken erraten, schlug Mizuki plötzlich vor zu gehen.

»Für heute reicht es mir in dieser Bar. Willst du mit mir nach Hause kommen?«

»Ich glaube, das wäre nicht korrekt.« Ich klammerte mich an das Naheliegendste. »Und wenn ich richtig verstanden habe, wohnst du bei deinem Onkel ...?«

»Ja, aber der wohnt im Erdgeschoss und ich oben. Wir haben getrennte Eingänge. Wovor hast du Angst?«

GEIKOS, MAIKOS UND DANNAS

Wie es dazu gekommen war, wusste ich nicht, aber auf einmal saß ich neben Mizuki im Taxi. In mir brodelte ein Gefühlscocktail, dessen Zutaten schwerer auseinanderzuhalten waren als die des Stigmata Martyr, den ich soeben getrunken hatte.

Während der Chauffeur einem der äußeren Stadtteile von Kyoto am Fuße der Berge entgegensteuerte, blickte ich verstohlen zu der Frau, die mich gerade zu meinem eigenen Abgrund schleppte. Sie war ungeheuer attraktiv, angefangen bei den Beinen und bis hinauf zu ihrem Gesicht einer orientalischen Prinzessin.

Jeder Mann an meiner Stelle hätte versucht, die Nacht mit ihr zu verbringen, mir aber standen lauter Hemmnisse im Weg.

Mizuki, von meinen Sorgen unberührt, schien in den Lichtern der Autos einen geheimen Lageplan dessen zu erkennen, was in der Stadt rumorte. Derweil ging ich die Dinge durch, die mich daran hinderten, mich dieser Frau hinzugeben, die so sinnlich war, aber voller Widersprüche steckte.

Falls sie noch verheiratet war, war das für mich Grund genug, ihr nicht näher zu kommen, als ich es ohnehin schon getan hatte. Ich versuchte, mich an die Stelle des verlassenen Ehemannes zu versetzen. Zwar war es ihr gutes Recht, in ihre Heimat zurückzukehren, aber ich als Ehemann wäre zutiefst verletzt, wenn sie dort mit einem Ausländer ins Bett ginge, den sie gerade erst kennengelernt hatte.

Andererseits fragte ich mich, ob ich selbst frei war, zu tun und zu lassen, was ich wollte. Gabriela hatte mich um eine Pause von unbestimmter Dauer gebeten. Hieß das, ich sollte auf sie warten und ihr in der Zwischenzeit treu bleiben? Und sie? War sie mir in Paris oder wo immer sie jetzt steckte, treu? Oder gab es da einen Mann, von dem sie mir noch nichts erzählt hatte, um mir nicht weh zu tun?

In meine Spekulationen versunken, mit denen ich mich im Grunde nur selbst quälte, spürte ich auf einmal, wie Mizukis kühle Finger mich von der Seite am Hals streichelten.

»Du wirkst verkrampft«, flüsterte sie mir ins Ohr. »Entspann dich. Ich erwarte gar nicht, dass etwas Bestimmtes zwischen dir und mir passiert, falls du das wissen willst. Ich lebe den Augenblick. Ich habe einfach Lust, mit dir an einem ruhigeren Ort zu sein, das ist alles.«

»Das ist sehr schmeichelhaft.« Ich bemühte mich, meine Nervosität zu verbergen. »Aber ich begreife gerade, wie aufschlussreich diese Reise für mich ist. Mir wird klar, dass ich anscheinend unfähig bin, das Leben und seine Freuden zu genießen. Deshalb hat mich meine Freundin verlassen, und ich habe Angst, dass auch du enttäuscht sein wirst, wenn die Nacht um ist.«

Statt zu antworten, legte Mizuki lächelnd einen Finger auf ihre kleine, wohlgeformte Nase. Dann zeigte sie an der Ampel, an der wir soeben stehen geblieben waren, auf ein Einfamilienhaus.

Verblüfft sah ich, wie eine Geisha mit einem lautenartigen Instrument aus dem Haus kam und auf ein Auto mit getönten Scheiben zuging. Sie bewegte sich so leichtfüßig, als schwebte sie über den Boden.

»Das ist die zweite, die ich sehe, seit ich in dieser Stadt bin.«

»Dann hast du Glück gehabt. Man sieht sie nicht oft, schon gar nicht nachts.«

»Im Ernst? Ich dachte, gerade nachts wären sie in Aktion, auf Privatveranstaltungen.«

»Stimmt, aber wie du gesehen hast, sind sie auf dem Weg dorthin absolut diskret. Und dass eine Geisha in den frühen Morgenstunden arbeitet wie die, die wir gerade gesehen haben, ist alles andere als üblich«, sagte sie und sah mich provozierend an. »Es sei denn, sie ist eine moderne Geisha wie ich.«

»Dann bekommt man sie also eher vormittags zu Gesicht?«, fragte ich ausweichend.

»Ja. Allerdings gibt es nur noch etwa tausend Geishas in ganz Japan. In Gion sieht man sie manchmal morgens, wenn sie zusammen mit ihren *Maikos* ihre Erledigungen machen.«

»Was sind denn Maikos?«

»Die Lehrmädchen der Geishas. In Tokio fangen sie erst mit 18 an, aber hier darf man die Kunst einer *Geiko* – wie wir die Geishas in Kyoto nennen – schon mit 15 erlernen.«

»Geikos und Maikos … Und was tun sie so, außer Laute zu spielen und zu singen? Ich meine, außer sich ausgefallen zu kleiden und zu frisieren und die traditionellen japanischen Künste zu beherrschen.«

»Willst du damit andeuten, unsere Geikos seien Prostituierte?«

»Auf keinen Fall«, erwiderte ich und hob entschuldigend die Arme, »nichts liegt mir ferner als …«

»Sie flirten zwar nach den alten Regeln und scherzen auch manchmal mit ihren Kunden, aber zu ihrem Beruf gehören keine sexuellen Beziehungen. Sie haben allerdings traditionellerweise einen *Danna*, einen Liebhaber, der sie beschützt und ihnen ihre teure Ausbildung bezahlt und auch sonst alle mit der Tätigkeit einer Geisha verbundenen Ausgaben übernimmt.«

Das Taxi hielt vor einem zweistöckigen Einfamilienhaus. Wir waren angekommen. Mizuki gab dem Fahrer sein Geld, und dieser betätigte den zart surrenden Türöffner.

Während der Wagen wieder anfuhr, holte Mizuki ihre Schlüssel aus der Tasche und verkündete:

»Jetzt wirst du erleben, was eine heutige Geiko macht.«

LOB DES SCHATTENS

Wie von Mizuki angekündigt, lag ihre Wohnung im zweiten Stock, zu dem man über eine Treppe links neben dem Parkplatz gelangte. Ich stellte mir vor, wie Okamura im Erdgeschoss seinen Rausch ausschlief – es war schon zwei Uhr morgens –, während seine Nichte den armen Gaijin um seine Ruhe brachte.

Ich ahnte, dass mein Wille an diesem frühen Morgen nur noch wenige Kampfrunden durchstehen würde.

Sie bat mich in ihr Loft – denn genau das war es: ein weitläufiger Raum ohne Zwischenwände außer einer breiten, mit Seidenpapier bespannten Stellwand, die den Futon vom restlichen Raum trennte.

Mehrere Bodenstrahler sorgten für zartes, indirektes Licht, das dem Loft die Atmosphäre eines Raums für zeitgenössischen Tanz verlieh.

»Hier hatte mein Onkel sein Atelier, als er noch Bildhauerei betrieb«, sagte Mizuki. »Aber seit meine Tante tot ist, arbeitet er nur noch seine Stunden ab und verbringt die restliche Zeit in dieser Bar in Gion. Ich glaube, er hat was mit der Wirtin, anders kann ich mir nicht erklären, was er da immer treibt.«

»Vielleicht will er auch nur ab und zu ein Lied singen«, sagte ich, da ich mir einfach nicht vorstellen konnte, dass Okamura mit dieser dürren, spröden Frau eine Affäre hatte.

Die drei Male, die ich dort gewesen war, hatte ich eigentlich auch nie eine Unterhaltung zwischen den beiden miterlebt. Mizuki lenkte meine Gedanken zurück zum Loft.

»Als ich vor drei Monaten ankam«, erzählte sie, »habe ich erst mal alles, was hier drin war, in den Keller gebracht und mir die Wohnung eingerichtet.«

»Sie ist sehr schön geworden«, sagte ich und wollte schon um die Stellwand herumgehen, in der Annahme, dahinter befinde sich das Wohnzimmer.

»Setz dich erst mal aufs Bett«, bat sie mich zu meiner Überraschung. »Mach's dir bequem. Ich muss dringend duschen.«

Noch bevor ich etwas einwenden konnte, war sie hinter dem Wandschirm aus Seidenpapier verschwunden.

Ein wenig kam ich mir vor wie bestellt und nicht abgeholt, aber ich wollte auch nicht so unhöflich sein, in einen Teil der Wohnung zu gehen, in den ich nicht gebeten worden war. Vielleicht hatte sich Mizuki auch schon ausgezogen – ich hatte ihre Schuhe auf den Holzboden fallen hören – und spazierte jetzt nackt zwischen ihrem Badezimmer und dem hinteren Teil des Lofts umher.

Für mich in meiner korrekten Art gab es nur zwei Optionen: Entweder ich verließ die Wohnung sofort und hielt in den Straßen des Viertels Ausschau nach einem Taxi, oder ich tat, worum sie mich gebeten hatte.

Ich entschied mich für Letzteres, obwohl ich keine Ahnung hatte, wie ich mich aus der Affäre ziehen würde, falls sich die Dinge in der vorhersehbaren Weise entwickelten.

Von mir selbst und meinen Bedenken genervt, setzte ich mich an den Rand des Betts, ließ aber die Schuhe an. Vor mir erhob sich der Wandschirm, den auf der Rückseite ein stärkerer Strahler beleuchtete.

Mein Blick schweifte zu dem einzigen Möbelstück, das außer dem niedrigen Bett im Raum stand, ein kleiner Nachttisch, auf dem ein CD-Player stand. Darauf lag ein schmales Büchlein. In meiner unverbesserlichen Neugier griff ich danach.

Es war die amerikanische Ausgabe eines Buchs, das ich schon lange mal hatte in den Händen halten wollen: der Klassiker *Lob des Schattens* von Tanizaki, verfasst im Jahr 1933.

Irgendwo hatte ich gelesen, dass die japanische Ästhetik bei der Gestaltung von Innenräumen dem Schatten eine wesentliche Rolle zuschreibt.

Während wir im Abendland das Helle, Glatte und Gerade schätzen, sind die Japaner von allem Organischen und schattenhaft Verschleierten fasziniert.

Gerade wollte ich mich der Lektüre des Buchs hingeben, als ich hörte, wie am anderen Ende der Wohnung eine Dusche zu rauschen begann. Benommen vom Alkohol, von der ungewohnten nächtlichen Stunde und der Begeisterung, auf das Büchlein gestoßen zu sein, ließ ich meine Phantasie jenen Körper entlangwandern, über den sich in diesen Minuten ein warmer Regen ergoss.

Als ich die Hitze in meinen Wangen und das flaue Gefühl in meinem Magen spürte, widmete ich mich schnell wieder dem kleinen Werk von Tanizaki.

EIN REST VON LEBEN

Tanizaki gilt, das wusste ich, als Japans meistverehrter zeitgenössischer Romancier. Seine Gedanken zur Schönheit angelaufenen Metalls faszinierten mich.

Tanizaki wundert sich in seinem Buch darüber, dass man in westlichen Ländern bei Tisch Gegenstände aus glänzendem Metall benutzt. Japaner empfinden glitzernde Objekte als geschmacklos. Verwenden sie silberne Wasserkessel, Schalen oder Flaschen, mögen sie es am liebsten, wenn diese schon schwarz angelaufen sind; dann haben die Gegenstände in ihren Augen gelebt und eine Geschichte.

Ich hatte mal gehört, eine Teedose stecke wegen der Personen, die um sie herum gesessen haben, und der Gespräche, die in ihrer Gegenwart geführt wurden, voller delikater Gefühle. Und nun entdeckte ich die Schönheit der von der Zeit angegriffenen Dinge.

War meine Seele vielleicht auch schöner geworden, weil Gabrielas Verachtung sie hatte schwarz anlaufen lassen? Dass ich überraschenderweise auf dem Bett einer modernen Geisha – oder Geiko – saß, schien dies zu bestätigen.

Natürlich überzieht die Zeit irgendwann alles mit Schwärze. Aber ich hatte nie zuvor darüber nachgedacht, dass eben diese Schwärze auch etwas Schönes sein kann.

Mir fiel ein, was ich einmal darüber gehört hatte, wie Amerikaner sich auf einen Führungsposten bewerben. Während wir in Europa ausschließlich unsere Verdienste auflisten, erwähnt beispielsweise ein amerikanischer Ökonom in seinem Curriculum auch eine gescheiterte Firmengründung als Pluspunkt.

Wofür sich der eine schämt, ist für den anderen eine wertvollere Erfahrung als jeder Titel oder Erfolg. Wer einmal erlebt hat, wie es unten im Brunnen ist, fällt kein zweites Mal hinein.

Das Rauschen der Dusche brach ab, und sofort war ich aufgeregt. Am Rande des Futons sitzend, beugte ich mich über meine Lektüre wie ein Mönch, der sich vor den Verlockungen der Welt zu schützen versucht.

> *So entdeckten unsere Vorfahren, die wohl oder übel in dunklen Räumen wohnen mussten, irgendwann die dem Schatten innewohnende Schönheit, und sie verstanden es schließlich sogar, den Schatten einem ästhetischen Zweck dienstbar zu machen.*
>
> *Tatsächlich gründet die Schönheit eines japanischen Raumes rein in der Abstufung der Schatten. Sonst ist überhaupt nichts vorhanden. Abendländer wundern sich, wenn sie japanische Räume anschauen, über ihre Einfachheit und haben den Eindruck, es gebe da nur graue Wände ohne die geringste Ausschmückung. Das ist von ihrem Standpunkt her gesehen durchaus plausibel; aber es zeigt, dass sie das Rätsel des Schattens nicht begriffen haben.*

Weiter erklärt Tanizaki, in einem japanischen Haus sei indirektes Licht das wichtigste Element bei der Schaffung von Schönheit. Die Wände würden bewusst in zurückhaltenden, dezenten Farben gestrichen, damit sie das aufnehmen könnten, was er »kraftloses, kümmerliches, unbestimmtes Licht« nennt.

Dieser Abschnitt aus *Der Lob des Schattens* half mir, für einen Moment die Unruhe zu vergessen, in die mich Mizukis Dusche versetzt hatte.

Wir erfreuen uns an jener zarten Helligkeit, die entsteht, wenn ein bereits diffuses Außenlicht allenthalben die dämmerfarbigen Wandflächen überzieht und nur mit Mühe einen Rest von Leben bewahrt. Für uns übertrifft dieses Helle oder dieses Dämmerlicht auf den Wänden jegliche Art von Dekor, und wir werden seines Anblicks nie überdrüssig.

Plötzlich ging mir auf, dass dieses Büchlein nicht zufällig hier lag. Es war absichtlich auf dem Nachttisch deponiert worden, damit ich es las, bevor das begann, was ich nun erleben sollte.

Hinter dem papiernen Wandschirm zeichnete sich eine Silhouette ab: Mizuki im Kimono. Ihr Schatten war deutlich umrissen, und ich sah, dass sie sich den geflochtenen Knoten gelöst hatte und ihr das lange, offene Haar auf die Schultern fiel.

»Kannst du das erste Lied der CD auflegen?«, hörte ich sie hinter dem Wandschirm sagen.

Von Kopf bis Fuß unter Strom, öffnete ich das Gerät, um mich zu vergewissern, dass eine CD darin lag. Es war *BTTB** von Ryuichi Sakamoto, und das erste Stück hieß *Energy Flow*.

Als das Klavier einsetzte, erlosch das sanfte Licht neben mir, während gleichzeitig der Strahler hinter dem Wandschirm heller aufleuchtete und alles noch schärfer umriss.

Was ich sah, raubte mir den Atem.

* Abkürzung von Back To The Basics, auf Deutsch etwa »Rückkehr zum Wesentlichen«

DER SCHATTENTANZ

Zum Klang ruhiger, wunderschöner Akkorde ließ Mizukis Silhouette den Kimono fallen, und die Konturen eines nackten Körpers wurden sichtbar. Reglos stand sie vor mir, dann begann sie sich mit vorgestreckten Armen um sich selbst zu drehen.

Ich lauschte den zarten Arpeggios des Lieds und wohnte dem Tanz eines Schattens bei. Des schönsten Schattens der Welt.

Die Tänzerin ließ ihre Arme sinken und legte den Kopf in den Nacken. Auf dem Seidenpapier floss ihr das Haar wie zarter Regen den Rücken entlang, und ihre vollendete Brust zeichnete sich ab.

Sie hob ein Bein und hielt es in der Schwebe wie eine erstarrte Balletttänzerin. Dann drehte sie sich ganz sacht, wobei ihr Körper immer wieder neue, sanft miteinander verschmelzende Formen erzeugte.

Ich wurde von Ekstase erfasst, vielleicht litt ich auch am Stendhal-Syndrom. All meine Sinne waren betört vom geisterhaften Tanz dieser modernen Geiko.

Dann endete das Klavierstück, und alle Lichter im Loft erloschen.

Reglos blieb ich auf der Bettkante sitzen. Ich lauschte und hatte nicht die leiseste Ahnung, was nun folgen würde. Die Ereignisse dieser Nacht entzogen sich meiner Kontrolle.

Da hörte ich, wie die Tänzerin sich auf bloßen Füßen langsam näherte. Ich konnte sie nicht sehen und fuhr zusammen, als plötzlich ihre Stimme an meinem Ohr erklang:

»Möchtest du, dass ich dir ein Taxi rufe? Du bist bestimmt sehr müde.«

Ich war erleichtert, obwohl ein Teil von mir sich nicht von dem Schatten lösen wollte, der sich bald in einen menschlichen Körper zurückverwandeln würde.

Sie schaltete die indirekte Beleuchtung im vorderen Teil des Lofts ein. Jetzt trug sie wieder ihren Kimono, und ich sah sie eine Taxibestellung im Handy eingeben.

Mir ging durch den Kopf, was sie in der Grillkneipe zu mir gesagt hatte, bevor wir zum Café der traurigen Lieder gegangen waren: Heute Nacht könne ich ihr beweisen, dass ich glücklich sei, weil sie es sei. Was hatte das zu bedeuten? War es also nur ihr Schattentanz gewesen, den sie mir heute Nacht geben wollte?

Als Nächstes überraschte mich Mizuki damit, dass sie unter die Bettdecke schlüpfte und sich darunter ihren Kimono auszog.

»Achte auf das Display meines Handys«, sagte sie mit geschlossenen Augen, das Gesicht schon halb im Kissen versunken. »Wenn es aufleuchtet und das Handy zweimal vibriert, steht das Taxi vor der Tür. Mach bitte das Licht aus, wenn du gehst.«

Eine halbe Minute später atmete sie ruhig und gleichmäßig, als läge sie schon in tiefem Schlummer.

Still blieb ich neben ihr sitzen. Sie war eingeschlafen, trotz meiner Anwesenheit. Ihr schwarzes Haar breitete sich auf dem Kopfkissen aus wie ein seltsames Tier mit tausend seidenen Tentakeln.

Zaghaft griff ich nach einer Strähne und ließ sie behutsam zwischen zwei Fingern hindurchgleiten, um zu spüren, wie sich ihr Haar anfühlte. Es war noch zarter, als es aussah, so dass ich mir kaum vorstellen konnte, wie sanft und weich erst ihre Haut sein musste.

Auf dem Nachttisch leuchtete das Handy auf und vibrierte zweimal.

Die Ankunft des Taxis zwang mich, an etwas anderes zu denken. Aber ich hatte einen nackten Schatten tanzen sehen, und die Geiko hatte mir erlaubt, sie im Schlaf zu betrachten. Diese beiden intimen Geschenke würden genügen, um für den Rest meines Lebens meine Phantasie zu beflügeln.

Eigentlich brauchte ich nicht mehr.

Ich zog Mizuki die Decke über ihren noch freiliegenden Arm, schaltete das Licht aus und ging die Treppe hinunter.

Vor dem Gartenzaun wartete das Taxi schon mit leuchtenden Scheinwerfern. Geduldig las der Fahrer in einem Buch. Während ich auf das Auto zuging, verspürte ich plötzlich tiefe Bewunderung für dieses Volk mit seiner stillen Eleganz.

SOLANGE ES DIES NOCH GIBT, DIESEN HIMMEL, AN DEM KEINE WOLKE IST

In der Nacht geisterte Mizuki in wechselnden Rollen durch meine Träume – mal als lässige junge Frau mit Selbstmordabsichten, mal umgeben von Stammesangehörigen der Anui, dann wieder in der Aufmachung einer Femme fatale oder als tanzender Schatten. Mit heftigen Kopfschmerzen erwachte ich.

Ich versuchte, ein bisschen Fisch mit Reis hinunterzubekommen und ging dann mit einem von Titus' Büchern in den Onsen. Während ich mir einen Eimer Wasser über den Kopf schüttete, dachte ich an seine Enttäuschung, wenn er erfahren würde, dass ich kein neues Material aufgetrieben hatte.

Zehn Tage war ich nun schon in Japan, aber in Sachen Wabi-Sabi war ich, außer bei meiner Besichtigung der drei Affen und durch die Lektüre von Tanizaki, keinen Schritt weitergekommen. Ich wusste nicht einmal, warum mein Ryokan »Zu den Blauen Fröschen« hieß. Wo steckten nur diese Frösche mit der ungewöhnlichen Farbe?

Ich tauchte ins schwefelhaltige Wasser ein und schnaubte wie ein Sumoringer. Als ich mich auf dem Unterwassersitz niederließ, schienen sich meine Kopfschmerzen im ganzen Körper auszubreiten.

An diesem Spätvormittag war ich der einzige Besucher des Thermalbades. Die anderen Hotelgäste gingen vermutlich ihren Geschäften nach oder brachten in einem der 1600 Tempel von Kyoto Opfergaben dar. Ich selbst hatte noch keinen dieser

Tempel besichtigt und kam mir deshalb und angesichts meiner kläglichen Feldforschungen wie eine totale Null vor.

Am besten, ich flog so schnell wie möglich nach Barcelona zurück. Dort konnte ich wenigstens Titus beim Verfassen seines Buches helfen und meine nächsten Seminare vorbereiten.

Beim Gedanken an die Rückkehr in meinen Alltag stieg Bitterkeit in mir auf. In Kyoto erlebte ich immerhin seltsame Abenteuer wie die Entdeckung der kleinen Karaokebar oder die letzte Nacht mit Mizuki.

Und doch wusste ich, dass all dies nur ein kurzes Zwischenspiel war, wie Gabrielas Aufenthalt in Paris, und dass ich früher oder später zurückmusste. Auch weil mein Konto nach den vergangenen zehn Tagen im Minus angelangt war.

Außerdem lief in vier Tagen mein Japan-Rail-Pass ab. Wenn ich für den Hochgeschwindigkeitszug nach Tokio und Narita kein Vermögen ausgeben wollte, musste ich am Flughafen sein, solange der Pass noch gültig war.

Mit dieser Mischung aus praktischen und existentiellen Überlegungen griff ich nach einem der Wabi-Sabi-Bücher. Der Herausgeber hatte zu meiner Überraschung in seine Anthologie auch einen Auszug aus dem *Tagebuch der Anne Frank* aufgenommen, das ich nie gelesen hatte:

> *Von meinem Lieblingsplatz aus, dem Boden, betrachtete ich den blauen Himmel, den kahlen Kastanienbaum, an dessen Zweigen kleine Tropfen glitzerten, die Möwen und die anderen Vögel, die im Tiefflug wie aus Silber aussahen (…) Aber ich schaute auch aus dem offenen Fenster über ein großes Stück Amsterdam, über alle Dächer, bis an den Horizont, der so hellblau war, dass man ihn kaum mehr sehen konnte.*
>
> *»Solange es das noch gibt«, dachte ich, »und ich es erleben darf, diesen Sonnenschein, diesen Himmel, an dem keine Wolke ist, so lange kann ich nicht traurig sein.«*

Für jeden, der Angst hat, einsam oder unglücklich ist, ist es bestimmt das beste Mittel, hinauszugehen, irgendwohin, wo er ganz allein ist, allein mit dem Himmel, der Natur und Gott. Dann erst, nur dann, fühlt man, dass alles so ist, wie es sein soll, und dass Gott die Menschen in der einfachen und schönen Natur glücklich sehen will.

Solange es das noch gibt, und das wird es wohl immer, weiß ich, dass es unter allen Umständen auch einen Trost für jeden Kummer gibt.

Diese Worte eines sechzehnjährigen Mädchens, das wenig später vergast wurde, beschämten mich. Nicht nur, weil Anne Frank besser schreiben konnte als ich, sondern weil sie fähig gewesen war, in ihrem Versteck Dinge zu genießen, die ein Mann wie ich, der alle Freiheiten der Welt besaß, sich nicht gewährte.

Wie oft hatte ich in den letzten Jahren einen Tag an der frischen Luft verbracht? Mein beschaulicher Spaziergang durch Nikko war seit langem die erste Begegnung mit der Natur gewesen.

Ich steckte wieder im traurigen Dilemma eines Menschen, der sich selbst boykottiert, um sich weiter beklagen zu können.

Meine einzige Aufgabe – hier und jetzt – bestand darin, es mir in einer der schönsten Städte der Welt gutgehen zu lassen. Wo lag also das Problem?

Auf die Frage nach den Fröschen wusste ich zwar keine Antwort, aber auf diese sehr wohl: Das Problem war ich selbst.

DER TEMPEL DES ZUR RUHE GEKOMMENEN DRACHEN

Nachdem ich mich umgezogen hatte, ging ich zur Rezeption, wo mich eine Riesenüberraschung erwartete. In einem Sessel neben der Theke saß Mizuki. An diesem Morgen hatte sie sich schon wieder verwandelt und sich einen romantischen, fast viktorianischen Look zugelegt. Sie trug ein hübsches Blumenkleid und Stöckelschuhe. An ihrer Sonnenbrille und dem Florentinerhut erkannte ich, dass draußen schönes Wetter war.

Diesmal begrüßten wir uns nach südeuropäischer Art mit zwei Wangenküssen. Ihre Haut fühlte sich kalt und dünn an wie Porzellan.

»Ich dachte, du gehst nur nachts aus«, scherzte ich. »Obwohl, du hast mir ja schon gesagt, dass Geikos ihre Erledigungen morgens machen. Wohin darf ich dich begleiten?«

»Ich will dir etwas zeigen, das dich auf Ideen für dein Buch bringen wird. Keinen der spektakulärsten Tempel, dafür den rätselhaftesten.«

Sie nahm mich bei der Hand, um mit mir den Ryokan zu verlassen, eine für japanische Frauen völlig untypische Geste. In Japan gehen Paare nie Hand in Hand durch die Straßen oder zeigen ihre Zuneigung in anderer Weise in der Öffentlichkeit. Aber wir waren ja auch kein Paar. Wir waren nicht einmal Freunde. Was waren wir eigentlich? Zwei sich kreuzende Einsamkeiten.

Auf dem Weg zur ersten verkehrsreichen Straße stellte ich ihr eine Allerweltsfrage:

»Fühlst du dich eher als Amerikanerin oder als Japanerin?«

»Kulturell gesehen, bin ich Kalifornierin. Ich lebe dort, seit ich zehn bin, seit meine Eltern sich wegen der Arbeit an der Westküste niedergelassen haben.« Sie überlegte kurz und fuhr dann fort: »Ich habe zwei Drittel meines Lebens in den Staaten verbracht. Deshalb würde ich sagen, ich bin Amerikanerin. Trotzdem fühle ich mich von der Denkart her als Japanerin.«

Noch bevor ich sie fragen konnte, was sie damit meinte, hielt sie ein Taxi an. Im Wagen gab sie dem Chauffeur ein paar kurze Erklärungen, dann legte sie die Hände auf ihre weißen Knie.

Der Fahrer bahnte sich einen Weg durch den Freitagmittagsverkehr. Ich hatte keine Ahnung, wohin wir fuhren, aber im Moment interessierte ich mich auch mehr für Mizukis Geschichte. Ich bat sie, mir von ihrem Leben in Kalifornien zu erzählen.

»Ich habe in Berkeley Psychologie studiert, habe aber nie als Psychologin gearbeitet«, sagte sie. »Wie mein Onkel interessiere ich mich für Kunst und habe einen Mann geheiratet, der bei Palo Alto eine Freiluftgalerie betrieb. Da habe ich dann seine Geschäfte geführt.«

»Richard.«

»Ja, seit ich meinen Master gemacht habe, mit 25, war ich mit ihm zusammen. Fünf Jahre, in denen wir uns nicht ein einziges Mal gestritten haben.«

Ihre Stimme schwankte leicht, doch wegen ihrer dunklen Brille konnte ich ihren Gesichtsausdruck nicht erkennen.

»Aber wenn er so ein guter Mann war, wenn er dich geliebt hat und du gemeinsam mit ihm in einem Bereich arbeiten konntest, der dir gefällt … warum hast du ihn dann verlassen?«

»Ich weiß nicht.«

Ihre knappe, trockene Antwort bedeutete, dass sie keine Lust hatte, weiter darüber zu reden. Doch ich bohrte nach.

»Am ersten Abend hast du mir gesagt, du hättest den größten Fehler deines Lebens begangen. Du seist immer noch in ihn verliebt, könntest aber unmöglich zu ihm zurück. Was hast du damit gemeint?«

Kaum hatte ich die Frage gestellt, fand ich mich reichlich indiskret. Und nicht nur ich. Mizukis Gesicht verspannte sich.

»Ich bin mit seinem besten Freund ins Bett gestiegen«, sagte sie schließlich. »Reicht dir das??«

»Entschuldigung, ich wollte nicht …«

»Der Typ war schon lange scharf auf mich, aber als dann sein Traum in Erfüllung gegangen war, gab er immer noch keine Ruhe. Er tat alles Mögliche, damit jeder davon erfuhr, auch Richard.« Plötzlich verhärtete sich ihre Stimme. »Der Idiot dachte, so würde er mich kriegen, aber da hatte er sich verkalkuliert. Ich bin nach Kyoto geflogen, und jetzt gibt es keinen Weg mehr zurück.«

Das Taxi hielt vor den Toren des Ryoan-ji, was laut Reiseführer »Tempel des zur Ruhe gekommenen Drachen« heißt.

Ich hatte meiner Begleiterin ziemlich zugesetzt. In typischer Touristenmanier versuchte ich, die Atmosphäre wieder etwas aufzulockern.

»Ich habe gelesen, dass dieser Zen-Tempel einen berühmten Steingarten hat. Stimmt das?«

»Es ist vielleicht der berühmteste Trockengarten Japans. Alle Zen-Anhänger suchen ihn auf, aber ich glaube nicht, dass du verstehen wirst, warum.«

DER TROCKENGARTEN

Wie Mizuki es vorhergesagt hatte, blieb mir der Zauber dieser Sandfläche mit ihren großen Steinen, die darauf verstreut lagen wie Planeten im All, verborgen.

Die japanischen Besucher indessen schienen fasziniert von der Anlage und versuchten, den sogenannten »Trockengarten« aus allen Winkeln zu betrachten und zu fotografieren.

Wir setzten uns auf eine Stufe am Rand.

»Dieser Garten«, erklärte mir meine Führerin, »besteht aus fünfzehn Steinen unterschiedlicher Größe. Und er hat eine erstaunliche Eigenschaft: Egal wo du stehst, immer siehst du vierzehn Steine, nicht einen mehr oder weniger.«

»Und das ist der ganze Witz dieses Trockengartens?«

»Das ist kein Witz, sondern eine Eigenschaft«, korrigierte sie mich. »Du musst bedenken, dass dieses Zen-Werk seit dem 15. Jahrhundert existiert. Ein Mönch der Rinzai-Schule hat den Garten angelegt.«

»Und was hat er zu bedeuten?«, fragte ich neugierig. »Ich nehme doch an, diese Steininseln liegen nicht zufällig da. Innerhalb der Zen-Philosophie haben sie bestimmt irgendeinen Sinn.«

»Irgendeinen Sinn werden sie wohl haben, aber keiner weiß, welchen. Ihr Schöpfer hat keine schriftlichen Erklärungen zu ihrer Anordnung hinterlassen. Deshalb ist dieser Garten heute ein Rätsel, so etwas wie ein *Koan**, auf das es keine Antwort gibt.«

»Das erinnert mich an das Rätsel des Ryokan, in dem du mich abgeholt hast. Es heißt ›Zu den Blauen Fröschen‹, aber bisher habe ich dort nirgends blaue Frösche gesehen.«

Mizuki nahm ihre Brille ab und warf mir einen vernichtenden Blick zu. Offenbar hatte ich soeben etwas Sakrales mit irgendeinem Unsinn verglichen, der nur von jemandem stammen konnte, dessen Hirn so trocken war wie dieser Garten.

Den restlichen Nachmittag verbrachten wir mit der Besichtigung zweier weiterer Heiligtümer. Zunächst suchten wir den Tempel Kiyomizudera auf, dessen Bauten aus rotem Holz inmitten herrlicher Wälder standen, die sich an den umliegenden Berghängen hochzogen. Einem traditionellen Ritual folgend, tranken wir aus einem der drei Gebirgswasserläufe, die sich in ein Bassin ergossen.

Was mich an diesem Ort besonders beeindruckte, mehr noch als die Bauten, waren der phantastische Blick auf die Wälder an den Berghängen und auf der anderen Seite der Rundblick über Kyoto, das aus der Höhe wie eine ganz gewöhnliche moderne Kleinstadt aussah.

Dann, vor Sonnenuntergang, besuchten wir den weiter entfernt gelegenen Fushimi Inari Taisha, eine große schintoistische Anlage mit mehreren Schreinen. Vor den Heiligtümern standen hölzerne Statuen mit Fuchsköpfen, die die Geister beschützten. Interessanterweise trugen die Tiere mit Schriftzeichen überzogene Lätzchen.

Doch was mich auf unserem Rundgang am meisten faszi-

* Philosophisches Rätsel, das Zen-Meister ihren Schülern aufgeben, um deren laterales Denken zu stimulieren.

nierte, waren die sich endlos aneinanderreihenden *Torii*, rote, aus Tausenden von Pfeilern bestehende Bogengänge, die sich bis zum Berggipfel hinaufzogen.

Auf dem Rückweg zum Bahnhof – wir hatten uns ein ganzes Stück von der Stadt entfernt – taten mir die Beine weh, während Mizuki bester Dinge schien, wie ein Nachtvogel, der mit Anbruch der Dunkelheit munter wird.

»Wenn du mich zur Bar Samuel begleitest, singe ich dir dort ein Lied, das du nie wieder vergessen wirst.«

»Gerade wollte ich sagen, dass ich mich für heute zurückziehe. Aber deine Show will ich mir nicht entgehen lassen. Wie heißt das Lied?«

»*Während ich gehe, schaue ich nach oben*.«

Erschöpft, wie ich war von unserem Aufstieg von einem Schrein zum nächsten, dachte ich schon, sie mache sich über mich lustig. Aber sie erklärte mir, dieses Lied sei eine der berühmtesten japanischen Balladen aller Zeiten.

»War es das, was du vor deinem Sprung in den Abgrund singen wolltest?«

»Ja. Der Titel passt, findest du nicht?«, erwiderte sie, als wäre Selbstmord etwas Amüsantes. »Aber das Lied handelt nicht nur davon, dass man Berge erklimmt und Wege entlangwandert. Es ist ein Lied über Glück und Traurigkeit.«

»Dann bin ich ja mal auf den Text gespannt«, erwiderte ich. Inzwischen saßen wir in dem Zug, der uns zurück ins Stadtzentrum brachte.

»Du wirst es erfahren, keine Bange. Aber erst einmal singe ich es heute Abend für dich.«

LÖCHRIGE SOCKEN

Als wir in der Altstadtgasse ankamen, in der das Ryokan *Zu den Blauen Fröschen* und die Karaokebar lagen, überraschte mich Mizuki mit einer sonderbaren Frage:

»Weißt du, wann in einer Beziehung die Liebe zu Ende ist?«

»Keine Ahnung … Wenn man was mit jemand anders hat?«

»Das ist nur die Konsequenz vom Ende einer Liebesgeschichte. Die Anzeichen dafür, dass es aus ist, machen sich schon viel früher bemerkbar.«

»Was für Anzeichen?«, fragte ich eher widerwillig. »Vielleicht bin ich etwas schwer von Begriff und sehe vieles nicht kommen. Hätte ich es gewusst …«

»… hättest du versucht, den Paradiesvogel an der Flucht aus dem Käfig zu hindern«, unterbrach sie mich. »An das, was ich dir jetzt sage, denkt man normalerweise nicht, dabei ist es ein deutliches Symptom für den Zustand einer Beziehung. Ich versuche mal, es dir zu erklären …«

Wir waren an der Bar angekommen, die meinen Namen trug, blieben aber draußen stehen. Mizuki lehnte mit einem angewinkelten Bein an der Wand und erläuterte mir ihre Theorie:

»Liebe ist Wahnsinn und Inspiration. Platon hat einmal gesagt: Von der Liebe berührt, wird jeder zum Dichter. Man macht irgendwelche verrückten Sachen, mancher mehr, mancher weniger, um den anderen zu beeindrucken. Zum Beispiel, wenn die Beziehung gut läuft, überrascht dich dein Partner zum Geburtstag oder zu Weihnachten mit einer Reise an einen Ort, von dem du nicht mal geahnt hast, dass es ihn gibt. Vielleicht verbindet er dir die Augen und führt dich zu einem geheimen Restaurant. Irgendwas in der Art.« Mizuki machte eine Pause und holte tief Luft, bevor sie weitersprach. »Deshalb bedeutet es, wenn man anfängt, sich praktische Dinge zu schenken, dass es mit der Leidenschaft vorbei ist.«

»Was meinst du mit praktischen Dingen?«, fragte ich alarmiert.

Mein letztes Geschenk an Gabriela war eine Anmeldung zu einem Hebräischkurs gewesen, von dem ich wusste, dass er sie interessierte.

»Ich meine Dinge, die man im Alltag braucht, nützliche Geschenke wie eine Regenjacke, ein neues Paar Schuhe vom selben Modell wie die alten, die der Andere zwar noch trägt, die aber schon hinüber sind, oder Hemden, Unterhosen und so. Ich meine, wenn man Kleidung schenkt oder ganz allgemein Sachen, die der andere braucht, sich aber normalerweise selbst kauft. Kannst du dir vorstellen, dass Shakespeares Julia ihrem Romeo Hemden und Unterhosen schenkt?«

»Dein Zynismus gefällt mir nicht«, sagte ich ärgerlich. »Mag sein, dass es romantischer ist, wenn du deinem Freund hundert Rosen oder ein aus deinen eigenen Haaren gewobenes Herz schenkst, aber mit praktischen Geschenken zeigt man dem anderen, dass man nicht will, dass es ihm an irgendetwas fehlt. Wenn du siehst, dass dein Kerl mit löchrigen Socken rumläuft, schenkst du ihm vier Paar, so einfach ist das. Wo liegt das Problem?«

»Weißt du, was Oscar Wilde gesagt hat? ›Gebt mir Luxus, auf das Notwendige kann ich verzichten.‹ Okay, er war reich … Das Problem ist jedenfalls, dass dein Partner nur eine halbe Minute opfert, um sich ein Geschenk für dich auszudenken, während er sich früher tagelang damit beschäftigt hat.«

»Früher …« begann ich, entschlossen, ihre in meinen Augen unreife Auffassung von Liebe zu widerlegen. »Früher wusstest du nicht mal, dass dein Partner nur löchrige Socken besitzt. So etwas kriegt man erst mit, wenn man zusammenlebt. Es ist doch normal, dass eine Beziehung mit der Zeit alltäglichere Züge annimmt.«

Auf einmal merkte ich, ich, der von einer Freundin verlassen worden war, mit der er nicht einmal zusammengelebt hatte, wie wenig plausibel meine ganze Argumentation war. Ich hatte gerade die Millionen von Menschen verteidigt, die aus neuen Unterhosen, Hemden und Socken Liebesbeweise machen.

In diesem Augenblick öffnete sich die Tür der Bar, und Okamura trat heraus. An seiner lauten Stimme merkte ich, dass er wieder betrunken war.

»Was zum Teufel treibt ihr da draußen!«, rief er. »Hier steht ein armer Drucker, der nicht allein trinken will!«

»Komm, gehen wir rein«, sagte ich, erleichtert über den Themenwechsel. »Außerdem hattest du mir ein Lied versprochen.«

»Dafür verlange ich aber was.«

Ich fragte mich, was sie wohl damit meinte, und folgte ihr und ihrem Onkel in die winzige Karaokebar. Mizuki bestellte für uns beide kalten, ungefilterten Sake und bat die Wirtin, das Lied *Während ich gehe, schaue ich nach oben* aufzulegen.

Geigen und ein Xylophon leiteten das Stück ein, das mit seiner naiv optimistischen Melodie wie ein altes Kinderlied klang.

Ue wo muite arukou
Namida ga koborenai you ni
Omoidasu haru no hi
*Hitoribocchi no yoru**

Mizukis überraschend zarte, melodiöse Stimme gab dem Lied etwas, was mich an alte Zeichentrickfilme erinnerte.

Damit begann eine lange Serie von Liedern, die sie und ihr Onkel an diesem Abend zum Besten gaben, während wir zur großen Freude der Wirtin eine Flasche Sake nach der anderen leerten.

* Während ich gehe, schaue ich nach oben, / Damit meine Tränen nicht hinunterlaufen. / Ich erinnere mich an einen Frühlingstag. / Eine Nacht voller Einsamkeit.

SCHENK DEM DUMMKOPF EINE LIEBESNACHT

Es war drei Uhr morgens, als wir ziemlich schwankend die Bar verließen. Ich konnte mich nicht erinnern, jemals so viel getrunken zu haben, vielleicht weil mir immer die richtigen Leute gefehlt hatten, mit denen ich derartig unvernünftige Sachen hätte anstellen können. Jetzt steckte ich in der Haut eines Menschen, den ich, falls ich es denn wirklich war, bisher nicht das Vergnügen gehabt hatte kennenzulernen.

»Du solltest öfter Sake trinken«, lachte Mizuki und legte mir einen Arm um die Taille. »Heute Abend warst du mal nicht der genervte Dozent, der sauer auf die ganze Welt ist.«

»Heute Abend weiß ich gar nicht, wer ich bin.«

»Umso besser. Es tut ganz gut, hin und wieder aus der Spur zu geraten. Wie soll die Nacht denn zu Ende gehen?«

Unter der berauschenden Wirkung des Sake schwirrten mir viel zu viele Möglichkeiten durch den Kopf, um ihr direkt zu antworten. Außerdem wollte ich die Entscheidung nicht selbst treffen.

Mizuki hatte mir zu verstehen gegeben, dass sie nicht mehr verheiratet war, und dass von Gabriela keine Nachrichten mehr gekommen waren, hieß wohl, dass ich ihr nichts mehr bedeutete.

Ich war also frei, aber nicht gewohnt, ins kalte Wasser zu springen. Also drehte ich den Spieß um.

»Stell dir vor, du wärst die Drehbuchautorin und Regisseurin eines Films, und der Protagonist sähe mir rein zufällig sehr ähnlich.«

Mittlerweile standen wir plaudernd vor der Tür meines Ryokan. Sie grinste, ihr Haar war verwuschelt.

»Ist ja nett, dass du mir diese Rolle überlässt. Erzähl mir mehr von dem Film.«

»Der Mann in deiner Story ist ziemlich konservativ und hat ständig Angst, etwas falsch zu machen. Er ist es gewohnt, in allem korrekt zu sein. Auch in der Liebe.«

»Weiter.«

»Ohne zu wissen, wie ihm geschieht, landet er eines Tages in Japan. Auf Anhieb tut ihm die Entfernung gut, seine Freundin hat ihn nämlich um eine Beziehungspause gebeten und meldet sich nicht.«

»Das heißt: Seine Freundin vögelt einen anderen, hat sich aber noch nicht getraut, es ihm zu sagen. Red weiter.«

Normalerweise hätte mich das schwer getroffen, aber ich war zu betäubt vom Alkohol, als dass mich ihre Bemerkung verletzt hätte.

»Der genervte Mann begegnet auf seiner Reise einer wunderschönen, leicht exzentrischen Japanerin, die in den Staaten aufgewachsen ist. Wahrscheinlich ist sie die attraktivste Frau, die er je in seinem Leben kennengelernt hat. Er träumt sogar davon, vielleicht eine Chance bei ihr zu haben.«

»Das Leben steckt voller Chancen«, warf sie ein und wurde gleich darauf von einem Schluckauf gepackt. »Hat mal irgendjemand gesagt.«

»Stell dir vor, die Chance ist greifbar nah und er begehrt sie heftig, hat aber gleichzeitig Bedenken.«

»Was für Bedenken?«

»Diese wirklich außergewöhnliche Frau hat ihm ihren Schattentanz geschenkt, den er nie mehr vergessen wird. Vielleicht ginge der Film poetischer zu Ende, wenn er mit dieser Erinnerung heimkehren würde, statt seinem Verlangen nachzugeben. Natürlich haben wir es in der Rolle des Protagonisten mit einem Dummkopf zu tun …«

»Jetzt komme ich nicht mehr mit. Was war die Frage?«

»Wenn du die Drehbuchautorin und Regisseurin wärst, auf welche von beiden Arten würdest du den Film enden lassen?«

»Ganz klar. Ich würde dem Dummkopf eine Liebesnacht schenken.«

DAS GLÜCK LIEGT ÜBER DEN WOLKEN (UND AUCH UNTER DIR)

Was auf dem Futon geschah, habe ich nur noch bruchstückhaft in Erinnerung. Leider. Denn wenn man schon mal mit einer modernen Geisha ins Bett geht, würde man gern jede Sekunde und jeden Zentimeter ihres Körpers behalten. Aber das Leben ist nicht vollkommen und die Erinnerung an das Leben schon gar nicht.

Das Erste, was mir am nächsten Morgen einfiel, war, dass wir in mein Zimmer hinaufgegangen waren, nachdem uns die Empfangsdame des Ryokan gebeten hatte, keinen Lärm mehr zu machen. Als wir im Zimmer angekommen waren, hatte Mizuki ihr Blumenkleid zu Boden gleiten lassen und sich in orangefarbenen Dessous auf den Futon gelegt.

Die ungewöhnliche Farbe ihrer Unterwäsche hatte sich mir deutlich eingeprägt. Ich hatte mich ebenfalls ausgezogen, und dann hatten wir eine Weile über irgendetwas geredet, was ich vergessen habe.

Ein zweiter Schnitt brachte mich zurück zu dem Moment, als ich ihre Zunge spürte, während ich mich damit abquälte, den Verschluss ihres BHs zu öffnen. In diesen Dingen war ich schon immer ungeschickt. Die Erinnerung riss an der Stelle ab, wo ich spürte, wie ihre befreiten, erregten Brüste meine Haut berührten und ihre Hand in meine Unterhose drängte.

In der dritten Szene sah ich im Vordergrund ihr Gesicht auf dem Kissen, genau in dem Moment, als ich in sie eindrang.

Noch erkannte ich in ihren Zügen keine Lust, auch keinen Schmerz. Eher Überraschung. Vielleicht hatte sie nie ernsthaft angenommen, dass es so weit kommen würde, denn in ihren offenen Augen lag etwas Ungläubiges, vielleicht etwas Erschrockenes. Als wollten sie sagen: Wie bin ich nur hier gelandet?

Während ich in meinem von der Mittagssonne beschienenen Bett die Bruchstücke der vergangenen Nacht an mir vorbeiziehen ließ, kehrte die Erregung zurück. Aber da Mizuki nicht mehr neben mir lag, fragte ich mich, ob nicht alles nur ein Traum gewesen war.

Als ich mich aufrichtete, stellte ich erleichtert fest, dass sich mein Kater abgesehen von ein wenig Schwindel in Grenzen hielt. Womöglich stimmt ja, was Bryan Ferry sagt: dass Liebe die Droge gegen jedes Übel ist.

Die Frühstückszeit war schon seit Stunden um, deshalb ging ich gleich in den Onsen hinunter. Nach dem Ritual mit dem Wassereimer ließ ich mich neben einem dicken Badegast auf einem der Unterwassersitze nieder. Mein Sitznachbar hatte offenbar Lust, seine englischen Grundkenntnisse zu praktizieren.

Nachdem er sich erkundigt hatte, woher ich komme, folgte die klassische Frage:

»Geschäft oder Vergnügen?«

»Vergnügen«, hörte ich mich zu meiner eigenen Überraschung sagen.

Der Mann schüttelte den Kopf und murmelte etwas auf Japanisch. Plötzlich fiel mir ein, dass auch ich ihn etwas fragen könnte:

»Kommen Sie öfter in dieses Ryokan?«

»Ja, ich übernachte immer hier, wenn ich in Kyoto bin.«

»Dann wissen Sie vielleicht, warum es ›Zu den Blauen Fröschen‹ heißt.«

Der Mann gab seine japanische Zurückhaltung auf und fing an zu lachen, sah dann aber offenbar an meiner Miene, wie blöd ich mir vorkam.

»Seien Sie mir bitte nicht böse«, sagte er rasch, »aber einen der blauen Frösche haben Sie unter Ihrem Hintern.«

Das war nicht die letzte Entdeckung dieses Vormittags, aber an diese allererste sollte ich nach der Rückkehr in meine Welt noch oft zurückdenken. Die blauen Frösche waren die steinernen Sitze, auf denen sich die Gäste im Thermalbad ausruhten. Ich hatte mich oft darauf niedergelassen, sie aber nie wahrgenommen, wie es einem ja mit den wirklich wichtigen Dingen des Lebens häufig passiert. Wir suchen sie in der Ferne, dabei sind sie so nah, dass wir sie in unserer geistigen Kurzsichtigkeit gar nicht sehen.

Die zweite Entdeckung des Vormittags lag in den Händen der kleinen Empfangsdame, die sich zur Begrüßung verneigte, als hätte es die Ruhestörung der vergangenen Nacht nie gegeben. Während ich den Umschlag, den sie mir hinhielt, entgegennahm, fragte ich mich, wann diese Frau eigentlich schlief, denn sie war immer da.

Vorsichtig öffnete ich ihn. Er enthielt zwei doppelt gefaltete Bögen hochwertiges Papier. Der erste war ein Brief.

Lieber Samuel,

danke für diese phantastischen Tage und Nächte und vor allem dafür, dass Du auf mich gewartet und mir Kraft geschenkt hast, als ich dachte, alles sei verloren.

Du hast mir geholfen, über eine Brücke zu gehen, die ich niemals allein überquert hätte.

Als ich Dich nach unserer Liebesnacht heute Morgen schlafend daliegen sah, beschloss ich, dass es Zeit ist, nach San Francisco zurückzukehren und den Dingen ins Auge zu sehen. Wenn

Du diesen Brief liest, werde ich also am Flughafen sein und auf meinen Abflug warten.

Es gibt da noch etwas, was ich Dir nicht über Richard gesagt habe. Als er von meinem Seitensprung erfuhr, kam er noch in derselben Nacht bei einem Autounfall ums Leben. Die Obduktion ergab, dass er getrunken hatte.

Verstehst Du jetzt, warum es keinen Weg zurück gibt?

Wenn Du mich in diesen Tagen frivol und manchmal nicht besonders respektvoll fandst, so war das der Grund. Ich habe versucht zu vergessen.

Jetzt weiß ich, dass es unmöglich ist.

Die Deine, gestern,

MIZUKI

PS: Ich hoffe, Dir gefällt das Geschenk, das Du zusammen mit diesem Brief erhältst. Es hat eine ganze Weile gedauert, bis ich das Lied übersetzt hatte.

Während ich gehe, schaue ich nach oben,
Damit meine Tränen nicht fließen.
Ich erinnere mich an einen Frühlingstag,
An eine Nacht voller Einsamkeit.

Während ich gehe, schaue ich nach oben
Und zähle die verschwommenen Sterne.
Ich erinnere mich an einen Sommertag,
An eine Nacht voller Einsamkeit.

Das Glück liegt über den Wolken,
Das Glück liegt über dem Himmel.

Während ich gehe, schaue ich nach oben,
Damit meine Tränen nicht fließen.

Weinend gehe ich meines Weges.
Eine Nacht voller Einsamkeit.

Ich erinnere mich an einen Herbsttag.
Eine Nacht voller Einsamkeit.
Traurigkeit ist der Schatten eines Sterns.
Traurigkeit ist der Schatten des Mondes.

Während ich gehe, schaue ich nach oben,
Damit meine Tränen nicht fließen.
Weinend gehe ich …
Eine Nacht voller Einsamkeit.

EPILOG

WABI-SABI

Während die Maschine noch über das Rollfeld von El Prat fuhr, tat ich, was die meisten Fluggäste taten. Ich missachtete das Verbot, Handys zu benutzen, bevor das Flugzeug steht, und schaltete mein Smartphone ein, auf dem mich als Erstes die spanische Telefongesellschaft begrüßte.

Im SMS-Feld leuchteten zwei Kreise und bei WhatsApp einer. Die beiden SMS meldeten Kontobelastungen wegen zweier Flughafenkäufe.

Als ich die WhatsApp-Nachricht öffnete, erlebte ich eine angenehme Überraschung, und eine für mich ganz neue Rührung überkam mich beim Lesen.

Marc ist geboren und verbringt heute seinen ersten Tag zu Hause.
Er hat große Lust, seinen Patenonkel kennenzulernen.
Liebe Grüße von uns beiden :))
MERITXELL

Ich riskierte eine Rüge vom Flugpersonal und antwortete umgehend:

Ich weiß, es ist schon nach zehn,
aber der Patenonkel kann es nicht erwarten,

sein Patenkind kennenzulernen.
Übrigens weiß ich nicht, wo es wohnt.
x x x x
SAMUEL

Eine Dreiviertelstunde später hielt das Taxi vor einem Haus im Stadtteil Gracia. Nachdem ich meinen Koffer ausgeladen hatte, klingelte ich im ersten Stock.

»Samuel?«, sagte die Stimme in der Gegensprechanlage, dann öffnete sich die Tür mit lautem Brummen.

Beschwingt stieg ich die Treppe hinauf, von einem Hochgefühl getragen, dass ich selbst nicht begriff.

An der offenen Tür stand Meritxell und erwartete mich mit stolzem Lächeln. Ich umarmte sie und betrat die Wohnung, die ein einziges Durcheinander war. Ich registrierte den Berg Dreckwäsche, der sich auf einem Stuhl türmte, das ungespülte Geschirr und das verbogene, kaputte Rollo an einem der Fenster.

Bei meinem nächsten Besuch, beschloss ich, würde ich Ordnung in dieses Chaos bringen.

»Er ist eben aufgewacht«, sagte sie, »komm …«

Ich beugte mich über die Wiege, in der das gerade mal drei Tage alte Persönchen lag und mich fixierte. Ich hatte gelesen, so kleine Babys könnten noch gar nicht sehen und auch nicht lächeln, und doch hatte ich den Eindruck, es freute sich über meine Anwesenheit.

Ich ergriff sein winziges Händchen, und der Kleine gähnte und bewegte träge seinen leicht gurkenförmigen, mit einer zarten Schicht schwarzer Haare überzogenen Kopf.

»Er mag dich«, sagte Meritxell. »Gestern war eine Arbeitskollegin da, und jedes Mal, wenn sie ihn anfasste, hat der Kleine geweint.«

»Meinst du?«

»Oh ja, Babys sind Buddhas, sie wissen eine ganze Menge. Marc spürt, dass du in seinem Leben wichtig sein wirst.«

Um meine Rührung zu verbergen, spielte ich den Strengen.

»Ich bin sein Pate. Und wenn ich will, kann ich verlangen, ihn täglich zu sehen. Immerhin habe ich Verantwortung für seine Erziehung übernommen.«

»Du kannst kommen, wann du willst. Möchtest du ihn mal auf den Arm nehmen?«

Ich überwand meine Angst, dem Kleinen weh zu tun, schob ihm eine Hand unter den Rücken, der nicht breiter war als ein Buch, stützte mit der anderen Hand seinen großen Kopf ab und hob ihn an meine Brust.

Das Kind gab einen gurrenden Laut von sich, und ich legte es mir auf dem Arm zurecht.

»Das machst du sehr gut. Sieht aus, als hättest du dein Leben lang Babys im Arm gehalten«, sagte sie. »Möchtest du ein Glas Wein?«

Ich nahm das Angebot an, ohne den Blick von dem Kleinen zu wenden.

»Ich weiß ja nicht, wer der biologische Vater ist«, witzelte ich, während Meritxell eine Flasche Montsant öffnete, »aber eins kann ich dir gleich sagen: Marc ähnelt weder ihm noch dir. Er kommt ganz nach seinem Patenonkel.«

»Wenn du es sagst …«

Sie goss mir einen Wein ein, der dicht und dunkel war wie die Nacht, und blieb mir gegenüber sitzen. Es schien sie zu überraschen, dass der Kleine in den Armen eines Menschen, den er noch vor wenigen Minuten nicht gekannt hatte, so ruhig war.

Seit drei Tagen war Meritxell nun Mutter, dachte ich, und hatte nichts von ihrer schlichten Schönheit verloren.

»Meintest du das eben ernst, dass du jeden Tag kommen willst?«, fragte sie.

»Natürlich nur, wenn es dich nicht stört …«

»Ich würde mich total freuen, wenn du kommst«, sagte sie mit leuchtenden Augen. »Und Marc auch. Ich habe eher deinetwegen gefragt.«

»Mach dir meinetwegen keine Sorgen. Der Sommer ist lang, und bis September brauche ich nicht zu arbeiten. Ich sehe da nur eine Gefahr: dass ich mich irgendwann in dich verliebe …«, witzelte ich halb ernst.

Meritxell sah mich mit schrägem Grinsen an.

»Falls das passieren sollte, fändest du es aber bestimmt sonderbar, eine Beziehung mit einer Frau anzufangen, die ein neugeborenes Kind hat, das nicht dein eigenes ist.«

»Nichts ist vollkommen«, erwiderte ich. »Das habe ich erst vor kurzem gelernt. Dass ich das Kind nicht gezeugt habe, heißt nicht, dass ich es nicht lieben könnte wie mein eigenes.«

Erstaunt sah sie mich an und runzelte die Stirn, als hätte ich erneut einen Scherz gemacht. Dann stibitzte sie mir mein Glas Wein und trank ein Schlückchen.

»Also, ich weiß ja nicht, was du in Japan so gemacht hast«, sagte sie, »aber ich finde, du hast dich verändert.«

»Hoffentlich nicht zum Schlechten.«

»Im Gegenteil, du wirkst entspannter. Mein Gefühl hat mich also nicht getäuscht: Die Reise war genau das Richtige für dich.«

»Ja, vielleicht. Obwohl ich das, was ich dort erlebt habe, auch hier hätte lernen können.«

»Was hast du denn gelernt?«, fragte sie neugierig.

»Dass es Blödsinn ist, etwas in der Ferne zu suchen, was man in der Nähe hat, und dass die Dinge nie so laufen, wie man es sich wünscht. Nichts ist vollkommen, und nichts währt ewig. Alles verändert sich … genau wie Marc. Während er hier in meinen Armen liegt, merken wir gar nicht, wie er wächst und die Welt entdeckt.«

Meritxell beugte sich zu mir vor und streichelte mir die Wange.

»Wenn sich alles verändert …«, sagte sie. »Wo sind wir dann jetzt?«

»An einem Ort, der alle Möglichkeiten des Universums birgt.«

DANKSAGUNG

An Katrin Fieber, Saskia von Hoegen und Maria Hoffmann-Dartevelle, die meine Bücher so vielen deutschsprachigen Lesern zugänglich machen.

An Katinka Rosés, Alex Rovira und Albert Valero, dafür, dass sie mich auf meinen drei Japanreisen begleitet haben.

An Héctor García, der uns, ohne uns zu kennen, wie ein guter Freund in Tokio aufgenommen hat.

An Marisa Tonezzer, die mich zum richtigen Zeitpunkt ermutigt hat, *Samuel und die Liebe zu den kleinen Dingen* zu schreiben.

An Sandra Bruna, meine Agentin und mein Schutzengel.

An all meine Leser. Danke für das Privileg, dieses Abenteuer mit euch teilen zu dürfen.

INHALT

Einleitung 7

MANEKI-NEKO 11

Die winkende Katze 11
Vom Aussterben bedrohte Tierarten 16
Sprechen Sie Atlantisch? 21
Wink dem Glück, und es winkt dir zurück 24
Eine leuchtende Musik, die dein Innerstes in Ordnung bringt 28
Liebesarchäologie 31
Die Gründe des Engels 34
Der Tempel des Goldenen Pavillons 36
Umami 38
Das Universum bewegt sich 41
Wabi Sabi Love 45
Wie man Einsamkeit bekämpft 48
Ein unverhofftes Angebot 52
Reisevorbereitungen 56

KYOTO 61

Yukio Mishimas Tod 61
Das letzte Erdbeben in Tokio 65
Warten auf den Fujiyama 69
Kyoto 72
Erzähl diese Geschichte nicht dem Himmel 76
Okamura 80
Gibt es eine universelle Melancholie? 84
Gute Zeiten mit alten Hunden 88
Die verbotene Adresse 91
Nichts existiert schon immer und für immer 94
Gott allein kennt die Antwort 97
Das letzte Foto, auf dem wir lächeln 101
Die Postkarten, die vierzehn Stufen reisten 106
Ein Aschekreis 109

DAS CAFÉ DER TRAURIGEN LIEDER 117

Der einsame Mensch in Tokio 117
Zur Blume werden 120
Nichts sehen, nichts hören, nichts sagen 123
Wohin geht die Insel der Aale? 127
Das Glück der Ainu 130
Namida no Café 134
Die Fröhlichkeitsinvasion 137
Geikos, Maikos und Dannas 140

Lob des Schattens 144
Ein Rest von Leben 147
Der Schattentanz 150
Solange es dies noch gibt, diesen Himmel, an dem keine Wolke ist 153
Der Tempel des zur Ruhe gekommenen Drachen 156
Der Trockengarten 159
Löchrige Socken 162
Schenk dem Dummkopf eine Liebesnacht 166
Das Glück liegt über den Wolken (und auch unter dir) 169

Epilog 175
Danksagung 181

Francesc Miralles

Samuel und die Liebe zu den kleinen Dingen

Roman. www.list-taschenbuch.de
ISBN 978-3-548-60936-2

Der Literaturdozent Samuel hat es sich in seiner Einsamkeit bequem gemacht – bis ihm eine junge Katze zuläuft und ihn aus seiner Lethargie zurück ins Leben holt. Schritt für Schritt öffnet sich Samuel für das kleine Glück des Alltags, für Begegnungen, Freundschaften und schließlich für die Liebe. Eine hinreißende Geschichte über das, was im Leben wirklich zählt.